白玉手镯

BAIYU SHOU ZHUO

刘继祥◎著

黑龙江人民出版社

图书在版编目（CIP）数据

白玉手镯／刘继祥著. — 哈尔滨：黑龙江人民出版社，2019.1

ISBN 978 – 7 – 207 – 11633 – 8

Ⅰ.①白… Ⅱ.①刘… Ⅲ.①短篇小说—小说集—中国—当代 Ⅳ.①I247.7

中国版本图书馆 CIP 数据核字（2019）第 019037 号

责任编辑：朱佳新
封面设计：欣鲲鹏
硬笔书法：才春雨

白玉手镯

Baiyu Shouzhuo

刘继祥　著

出版发行 黑龙江人民出版社
地址　哈尔滨市南岗区宣庆小区 1 号楼（150008）
网址　www. hljrmcbs. com
印　　刷 永清县晔盛亚胶印有限公司
开　　本 880×1230　1/32
印　　张 8
字　　数 160 千字
版次印次 2019 年 1 月第 1 版　2021 年 6 月第 2 次印刷
书　　号 ISBN 978 – 7 – 207 – 11633 – 8
定　　价 36.00 元

目　　录

白玉手镯

省城古玩行最近有点不平静，原因是业内收藏大佬兼学者林子楠的一篇文章。这篇文章本来是他受一个古玩商所托写的吹捧文章，以求提升自己的身价。但是没想到的是，林子楠虽然点评和肯定了这个古玩商的几件藏品，但是也旁敲侧击地批评了他的功利和对玩家偶尔的不负责任。这让古玩商心里七上八下，夸也夸了，骂也骂了，到底是捧还是踹，业内众说纷纭，私底下都在互相议论。

林子楠是和田玉鉴定专家，师从考古学家闵寿先生，他又多年混迹古玩行，淘了数不清的好东西，也是一个让人羡慕的大藏家。在省城古玩行，谁想提身价，赢得公信力，那得林子楠说话，换言之，林子楠说话，那就是钱，是价值。

当那个想提升身价的古玩商看到林子楠为自己写的文章之后，脑门就冒出了汗，他知道，自己被舆论推到了风口浪尖。褒贬之间，话锋犀利，林子楠嬉笑调侃中就把该说的说了，该骂的骂了，等于是把古玩商给架在了火上。

这样下去不行，必须把林子楠请出来再写个续篇，为自己正名，换句话说，就是只吹捧不批评，这样才能给自己赚回面子，再提提身价。都说盛世收藏，现在国

泰民安，玩古玩、玩玉石的人越来越多，谁有公信力，谁就能赚大钱，谁就能掌握那些手握重金不敢出手的大老板。想到这儿，古玩商赶紧给林子楠打了一个电话，盛情邀请他来藏宝阁喝茶，古玩商还客气地说自己很久没听林老师当面教诲，智商和情商都急速下降，请求林老师来拯救他。这番好听的话让林子楠也很受用。因为他深知，在这个行当里，自己修炼了二十多年的功力是需要释放的，他的话语权是要合理使用的，但是用归用，决不能过度使用，也不能白用。林子楠不是唯利是图的人，但也绝不允许被随意消费，自从入行以来，特别是江湖地位奠定之后，他圆融通达，上下贯通，成为业内的一个宝贝。

但是，过去的一年，林子楠家中出了点麻烦事。他的妻子突然罹患乳腺癌，让整个家庭蒙上了一层深灰色。其实，林子楠这个家庭本身就是冷冰冰的，属于那种濒死婚姻，又不得不勉强维持运转。这其中既有道义担当，也有孩子的牵绊，复杂得很。林子楠当年携家带眷闯荡省城，还是一个一文不名的野小子。他和早来入行的同乡收古旧书籍，充其量是个学徒，搬搬扛扛，很是勤快。他的妻子当时在一家商场做保洁，勤俭持家，哪怕有一口好吃的也要留给林子楠，哪怕是留馊了、臭了，自己也舍不得吃。后来，林子楠逐渐学到了知识，自己独立门户，闯荡江湖，悟出了不少门道，也开始赚了一些钱，买了房子，安了家，一家人总算安定下来。但是，在林子楠所有的感悟中，有一条彻底改变了他的命运，升华了他的人生——读书。他深刻地意识到，要在这个行当里有作为，必须有广博的知识，有深厚的底蕴，否则是走不远的，你做得再好，也就是一个小商贩、小老板。林子楠边赚钱边发奋读书，四处求教，最后考取了师范大学历史系的研究生，师从有民国四大才女之称的闵寿先生。求学期间，林子楠博览群书，理论联系实际，既有实地踏查，也在浩如烟海的史料里寻觅珍珠，最后凝聚成几篇洋洋洒洒的论文，见诸权威学术期刊，从此奠定了他在江湖中的地位。就在林子楠迅速前行，火速上升的那段岁月，他的妻子却一直止步不前，还是从老家出来时的那个模样。渐渐地，两个人拉开了距离，林子楠成了学者、儒商，妻子却还是农村妇女，他们的婚姻也陷入了精神危机。面对这种情况，林子楠努力过，他给妻子报了电大，还给她推荐不少书籍，但是他的妻子却不以为然，每天只顾家务事。时间久了，林子楠的内心却越来越空，越来越冷，夫妻之间能交流的也只限于孩子的学习，没有精神交融，也没有思想碰撞，当然也很久都没有床笫之事。前几年，林子楠的生活中闯入了一个女人，确切地说，是一个没结过婚的姑娘——师范大学美术学院油画系的副教授田野。田野十分仰慕林子楠的学识和才华，林子楠也喜欢田野的恬静与温柔，作为一个女画家，她的才华也是可以的，与林子楠对话交流也是绰绰有余。几年下来，两个人的情感持续升温，常常形影不离，只差一纸婚约。但是，林子楠从不给田野这样的承诺，田野也从不越雷池，向他提出关于婚姻的要求，只是呵护着林子楠的身体，关心他的健康，温暖他的心灵。林子楠为此感动，并觉得亏欠田野。每当温存过后，林子楠拥着田野光滑的胴体，亲吻着她白皙的手臂时都在心里默默想着，要

给田野弄一个好的和田玉手镯，还要上好的料子，出自宫廷的，只有这样的宝贝才配得上田野的善良和高贵。

林子楠如约来到古玩商的藏宝阁，是一个周日的下午。他也在这天约了田野，晚上要一起吃饭，田野最近有点贫血，他要给她补补。

这个古玩商的藏宝阁在省城的黄金地段一个大厦里，装修甚是豪华，可谓是金碧辉煌，从各个角度证明了古玩商的土豪身份。林子楠是从心里看不起土豪的，对于这些胸无点墨挥金如土的人，他保持了高度的警惕，同时也绝不手软，绝不自降身价，价码不到位，是绝不替他们说话的。

古玩商的热情有些刻意，烧水沏茶，嘘寒问暖，阿谀奉承，让林子楠心中反感，但是也假装亲切，心里却筑起了防线。林子楠知道古玩商的用意和目的，古玩商也知道林子楠的城府，两个人各怀心事，又隐藏各自的锋芒。

"林老师，上次您写的文章，让兄弟很有面子，您是轻易不出手，出手就了不得啊！"古玩商言归正传，向自己的目的靠拢。

"兄弟，我不是随便说话的人，更不随便为行里人说话，你是我心上的朋友。"林子楠不慌不忙喝了口茶，又把自己的七彩天目杯轻轻放下。天目杯他自己带来的，养得灵气十足，彰显着他的地位。

"是啊，是啊！林老师想捧谁，谁就红，您为谁说话，谁的身价就不一样啊！"古玩商看看先准备好的一个牛皮纸信封，此刻正静静地放在茶台旁的古董架上，也同样地满怀心事。

林子楠听古玩商这么说，心里多少有点小受用，又绝不落人口实，"兄弟，我可是轻易不为谁说话，我只为藏品说话，为宝贝说话，有价的是物件，无价的是咱们行里的尊严。"林子楠微微一笑，用手扶了扶自己的玳瑁做的眼镜框，把身子向后靠了靠。

古玩商被林子楠给不软不硬地批了一顿，面色有微微的变化，又瞬间笑了起来，"林老师说的是，这也是您被我们行业里万众敬仰的原因啊！"他边说边把古董架上的信封拿过来，推到林子楠面前。

"林老师，这是做兄弟的一点心意，请笑纳。"林子楠看看信封，凭厚度，他知道里面是一万块钱。他连眼皮都没抬一下，也没有动。

"这是干啥？你请我写篇东西，不用整这个，我也是为行业说说话。"林子楠迅速地拉开了两个人的距离，因为他知道，古玩商还想让他说好话，以平复上一篇文章因为批评所引起的风波。

"林老师，是不是嫌薄气？"古玩商故作不谙世事，又装得忐忑不安的样子，疑惑地看着林子楠。

"兄弟，绝不是钱的事，你我相交一场，情义无价啊。"林子楠说话很有水平，既没说钱到底是多还是少，又自然地抬了一下自己的身价，情义无价，这一无价就不好说多少是多，多少是少了。

"那您看兄弟该怎么做，您这样就把兄弟拒绝了，我这脸没地方放啊！"古玩商拿出一盒软中华，慢慢撕开，朝烟盒底部拍了拍，抽出一根递给林子楠，林子楠接过烟，古玩商又小心地给他点上。两个人相视一笑，吞云吐雾，话题转到了别处。

"林老师，嫂子身体咋样，去年住院给你操劳够呛。"古玩商很会沟通感情，因为林子楠的妻子是他的软肋，也是痛处。

所以，当这个古玩商提起自己妻子的病时，林子楠心里疼了一下，这个问题，让他五味杂陈，一下子又让自己陷入了矛盾中。林子楠明白，这是古玩商在拿软刀子扎人，套近乎。作为男人，你的心软了，那么防线就有了漏洞，就可能被击垮，功亏一篑。林子楠重重地吸了一口烟，眼前顿时一片迷雾。此刻，林子楠的内心五味杂陈。自己的糟糠之妻，去年刚刚得了一场重病：乳腺癌。就在妻子得病之前的五月，林子楠经过很久的挣扎后，已经决定和妻子摊牌，自己净身出户，把房子、车子、存款等一切都留给她和孩子。不仅如此，他还决定负担孩子全部的学习、生活费用，并一直资助妻子的生活，直到她生命终止的那一天。林子楠下定决心，并在那个初夏无数次地打着腹稿，希求以最温暖的语气和方式向妻子提出离婚的想法。但是，就在他鼓足勇气之时，他的妻子默默地放在桌子上一纸诊断，乳腺癌！林子楠脑袋轰的一声，天旋地转。想了无数次的腹稿，一次次积累的勇气，精神上的折磨，都在顷刻间化为泡影。他决定，离婚的事从此不提，先给妻子看病，救命。经过小半年的折腾，手术，放化疗，动用最好的医生和资源，林子楠在医院和家庭之间奔波，把自己热爱的事业暂时放到了一边，当然也包括田野，尽管他们偶尔也在一起，但是明显地力不从心。这期间，田野从不曾为难林子楠，甚至还帮他处理一些杂事，尽量为他分担，直到林子楠妻子的病情稳定下来，他们都松了一口

白玉手镯

气。此刻，古玩商提起自己的病妻，让林子楠的心里升腾了一股寒意。

"兄弟，谢谢你关心，家事，家事，不足为外人道也。"这话说得巧妙，以守带攻，礼貌地把对方推出了很远，又筑起了一道另外的高墙，让伸过来的软刀子缩了回去。林子楠的智商与情商，绝非一般商人所能抵挡，他一字千金，谁也不能伤他半根毫毛。

又是短暂的沉默。古玩商还是少些城府，"林老师，您看……"古玩商的内力还受不了这番角力，总是急于要一个结果。

林子楠把烟头按灭在烟缸里，一副若无其事的样子，绝口不再说和钱有关的事。他看了看表，下午四点半，离他和田野约好的时间还有一个小时，这一个小时对他来说足够了，足以谈妥任何一件麻烦事。

"兄弟，最近这段时间收了什么好东西，让哥哥也开开眼，长长见识。"林子楠摘下近视眼镜，用眼镜布认真地擦了擦，又慢慢地戴上，然后看着古玩商。

古玩商正在犯难的时候，被林子楠的这个要求给解救了，钱是朋友间最难处理的事，尤其是面对林子楠这种人，钱绝对不是有力的武器，但是不给钱，又办不了事。现在，林子楠要看看他近期的藏品，又能免费鉴宝，又能缓解尴尬，何乐而不为呢？古玩商赶紧打开保险柜，小心翼翼地拿出三件红绒布包着的物件放在桌子上。"林老师，这三件东西是我这小半年的收获，您给掌掌眼，可别笑话兄弟。"

林子楠点点头，也没客气，拿起白手套戴在两只手上，慢慢打开红绒布。第一件是一块和田玉籽料，带老皮，皮色显红，正应了那句话，老玉带红价值连城；雕工也是大师级别，弥勒佛栩栩如生，让人煞是喜爱。林子楠一眼就看出这是个老物件，值得收藏。

"兄弟，这东西不错，老料，老件，出自名师之手，算是一个宝贝啊！"其实，这个物件虽然上乘，但绝不是难得一见的宝贝，林子楠这样说，是一种客气，而且他故意不说是和田还是羊脂，这让古玩商听得心花怒放。作为商人，他们虽然也有一定眼力，但是缺少知识和见识，基本都是以牟利为主，自然没有法眼。林子楠却不同，他把牟利放在次之，而更注重内涵和品质，也是因为这样，他才能淘到好东西和真宝贝。

林子楠又打开第二个红绒布包，一个白玉手镯赫然出现在眼前，让林子楠身心一颤。对他来说，这件东西都不用仔细审视，凭感觉就够了——这是个宝贝，这个羊脂白玉手镯，高贵之气绝非一般宝贝能比。但是，林子楠并没有表现出如何的欣喜，他很镇定地看了两遍，又轻轻放下，"这件也不错，上好的和田而已。"古玩商听他这么说，又迅速地观察他的表情，心想，这老林确实见过大世面，这么好的和田玉，他不咸不淡地给略过了。而林子楠深知，这个古玩商的学养不够，眼力迟钝，这个手镯，他一定是按和田玉收的。事实也如此，古玩商确实是按和田玉收的这个镯子。古玩行水深，不小心就会被淹死，这话是林子楠的老师告诉他的，二十多年来，他吃过亏，上过当，一身功夫也是刀山火海滚过来的。

林子楠过眼的第三件东西，是一个乌冻鸡血石，质地细腻，洁莹如玉，半透明，凝重鲜亮有厚度，深透石中，有集结或斑布均衡，是个好东西，林子楠大大地夸奖了一番，让古玩商紧锁的眉头又舒展了很多。

"兄弟，这三件东西都不错，你的眼力越来越好了，我自叹不如了！"林子楠捧着对方说："这个弥勒佛雕件，哥哥告诉你，是块羊脂，雕工好，轻易不要出手，日后增值绝非一倍两倍；这个镯子嘛——"他点了根烟，吸了一口，"虽然没有走眼，但是价格不该收的太高，日后出手也难；鸡血石不错，这样好的料子在我们这儿已经很难遇到了，所以说兄弟你现在了不得了！"林子楠故意把和田玉雕件说成了羊脂，摆了个迷魂阵，又点评了一番，然后就不说话了，只顾抽自己的烟。他还在琢磨这个镯子，这不就是天赐的宝贝吗？自己寻寻觅觅要给田野一个好镯子，看来这就是老天给她预备的。

古玩商赶紧表示感谢，又谦卑地说自己还要跟林老师多学习，心里却打起了算盘：这林子楠是一等一的高手，应该不会走眼，三件东西，他却偏偏看不上自己花大价钱收的这件白玉手镯，难道真的是自己走了眼？这个镯子是花十万块钱收来的，难道不值？想到这儿，他赶紧试探着问林子楠："林老师，您看这镯子，您给估个价？"说完赶紧谄媚地给林子楠倒茶。

"你这是为难你老哥啊，这是咱们这行的忌讳啊！"林子楠往烟灰缸里弹了弹烟灰，他心里清楚，这东西算是无价之宝，就是看一眼也算有福气。林子楠又看了看表，时针指向了五点，该走了。但是，他的内心深处，舍不得这个物件，却又丝毫不能表现出来。他用手梳了梳头发，整理了一下衣服，"兄弟，我该走了。"他拍了拍古玩商的肩膀，"有些东西入手要谨慎，虽然不会花太多冤枉钱，但是出手会很难。"这句话是在暗指那个镯子，等于间接告诉古玩商，这东西很难出手。古玩商看林子楠要走，一下子着急了，什么事都没办，什么话也都没说清楚，人就这么走了，他心里有点慌。

"林老师，再坐几分钟吧，兄弟这还有话没跟您说呢。"

林子楠很凝重地看着他，"兄弟，我可是知无不言了，该说的话哥哥都说了。"他拍拍古玩商的肩膀，"兄弟，哥很少替行里的朋友在媒体说话，这你不是不知道。"

"我知道，我知道，林老师为兄弟写的文章真是醍醐灌顶，兄弟很感激，就是……"古玩商挠了挠自己的秃脑袋，"真心地想求林老师再给来个续篇，要是那样，感激不尽，感激不尽啊！"古玩商把林子楠又按在椅子上，他心里盘算着，这个林子楠到底会不会写，如果写，我该出个什么价？一万不行，就两万，总不会宰我"一巴掌"吧。哎，这个林子楠，一肚子墨水，斗不过他啊！

林子楠坐下来，双目微闭，好像冥想着什么，突然他睁开眼睛，似乎找到了什么灵感，"兄弟，前几天省报收藏家版找我谈谈经典藏品，金玉古玩城的张总正好有几件不错的东西，让我做个系列，你说我咋好拒绝呢？"林子楠一语双关，既给了古玩商希望，又抛出了那个张总，等于是给自己提了价码。这个暗语，古玩商听得懂，他的心里也在盘算着，看来该出手了，要不这林子楠老江湖，一会儿说不定喊出什么价儿，自己还不好拒绝。他又给林子楠点上烟。

"大哥"，这次他不再叫老师，而是改了称呼，显得近乎，"大哥，您就先从我这儿开始，兄弟不差事儿，正好我这儿……"古玩商拿出一张卡，塞到林子楠手里，"这里有三万块钱，大哥，您给嫂子买点啥，做弟弟的一点心意。"

林子楠连看都没看这张卡一眼，就给他推了回去，"兄弟，你这就不对了，咱们哥俩不是钱的是，你知道哥不差钱。"古玩商赶紧赔着笑脸，连声说是。他心里琢磨，这林子楠不差钱倒也是真的，他的藏品随便哪一件也能在北京买套一百平方米的房子，那他差什么呢？难道是相中了我的东西？古玩商的脑海里迅速地过了一遍自己的物件，除了刚刚过眼的三件，林子楠并没太多关注其他的，莫不是相中了我那块和田玉雕件？还是那块鸡血石？这两件东西他很感兴趣，那个白玉手镯虽然自己花的钱最多，但是林子楠还没看上眼，这也算是幸事，要是他真要这个镯子，还真舍不得。想到这儿，他暗下决心，豁出去了，只要林子楠高兴，能给自己写这续篇，再提提价码也值了。

"大哥，这鸡血石、羊脂雕件，你喜欢哪个，弟弟就请哥哥珍藏了，好东西落在您手里，那是有福气了。"

林子楠听古玩商这么说，赶紧严厉地批评他："兄弟，我怎么能夺你所爱，那不是君子所为，这两件东西日后都能卖个好价钱，我再给你好好点评一下，业内会有很多人来关注的。"林子楠不愧是江湖大佬，底蕴深厚的学者，他给了古玩商一颗定心丸，意思是你放心，我林子楠投桃报李，你满足了我，我也会给你一个大回报。

古玩商一听，乐了！"哥，听我的，您挑，您挑。"他把那两件东西推到林子楠面前。林子楠知道，自己的目的马上就要达到了，心里泛起了喜悦的涟漪。

"兄弟，我们都不容易，在这古玩行里生存那是上刀山下火海，能走到今天不容易，哥哥该帮你的一定会帮，而且要帮好。"林子楠故作为难的样子，想了想，"兄弟，这样吧，哥拿一件留个纪念，但是绝不能拿这两个宝贝，我呢，就拿这个镯子吧，这东西常见，你还能再淘弄。"林子楠说完，起身要走，但是手却不去碰那个镯子，他要对方给亲自塞进包里，还要赔着笑脸，还要恭送一程，这是他林子楠的范儿，也是他的江湖地位。

古玩商心里还是猛地一沉，林子楠到底还是要了这个镯子，他以为他根本看不上眼，以为他一定会从那两件里选一件。尽管林子楠说他对这个白玉镯子看走了眼，不是稀罕东西，但是他也是花大价钱收的，心疼那是肯定的。他不想给林子楠这个镯子，心里火速地盘算着办法，怎么能留下这个镯子。

"哎呀，哥，这个破镯子您看不上眼，不拿这个。"说着话，他把那个鸡血石拿了起来。

林子楠一看，这小子不着道儿，"兄弟，不行，这是你的宝贝，哥不能要！"林子楠态度坚决，让古玩商左右为难。在他心里，林子楠的话，他不敢全信，又不得不做参考。他分析林子楠的话，说那个雕件是羊脂，他也愿意这样相信，所以他不给林子楠拿这个，那个白玉手镯，林子楠说是和田，他不托底，怕着了林子楠的道儿，自然舍不得，所以坚决以大方的态度献上那块鸡血石。到了这个节骨眼，林子楠高姿态，选了一个人家说最不珍稀的，那也就只好打掉牙往肚子里咽了。古玩商赶紧站起来，把镯子用布包好，恭恭敬敬地塞到林子楠的包里，还连声道谢，"哥，日后还仰仗您给兄弟抬抬身价啊！"林子楠搂住古玩商的肩膀往外走，"兄弟，我这恭敬不如从命了，镯子我替你收着，哪天你想玩，哥给你拿回来。"古玩商赶紧赔笑，"这哪敢，哥手里的东西，借兄弟个胆子，我也不敢动心呢，以后啊，这镯子就是您的了，这东西有福气，有福气。"古玩商送走林子楠，心里十分忐忑，到底着没着林子楠的道儿？他也不知道，几番纠结，他也不想了，反正林子楠要为自己说话，只要他一说话，自己的藏品价值就成几倍的翻，这样一想，他心里稍微好受了一些。

林子楠走出古玩商的藏宝阁的时候，已经五点十分，一个周旋下来，他还是有点累。他在路边打了个车，直奔和田野约好的地点而去。在路上，林子楠满满的成就感和幸福感，得了宝贝，还能献给自己深爱的女人，愧疚之心也能有所平复，这样想着，他赶紧给田野发了信息：可能晚点，亲爱的，我终于为你淘来了一件无价之宝——我承诺给你的白玉手镯。发完信息，他感到无比轻松，迷迷糊糊地睡着了。

到了和田野约好的省城最好的海参馆儿，已经是六点多，他快步走进定好的单间，和田野来了一个拥抱。田野温柔地给了他一个吻，"亲爱的，白玉手镯呢？"她也迫不及待地想要看看自己深爱的男人为自己献上的宝贝。是的，宝贝呢？林子楠赶紧去拿自己的包，可是包呢？林子楠呆住了，那个装有满满的爱的白玉手镯的包落在了出租车里了。

追火车的人

我站在康宁桥上，看桥下的火车慢慢地远去。我常常想，生活也不就是这列车一般，看似漫长，总也过不完，其实也就是一会儿的工夫，就走完了最后一节车厢。

我把双手放在桥栏杆上，身子靠住冰冷的铁管，寒风吹着额头。我爱火车，也爱曾经在火车上行走的人。我曾经也在那列车上，只是因为某种特殊的缘分，我又不得不下车，重新走路。我的梦里常常是火车奔跑，在黑夜里，火车疲惫不堪，我也疲惫不堪。有时我在车上，有时我在大地上追随它。

简贞说她也做同样的梦，梦见她被火车带向远方，又一步步走回来。我们的梦境不都相同，她可以回来，而我永远没有归途，找不到路。我和简贞相识时，我跟她说了我的梦，她不说话，就是开心地笑。她莫名的笑让我感觉很诧异。她为什么笑，而不是哭。我还记得，我第一次给她讲我的梦，我的火车，我追着火车奔跑，她就笑，但不是开怀大笑，只是笑，眼睛里水汪汪地笑。

有一天晚上，我又梦见了火车，在大平原上不停地跑，一个站点也没有，不曾有半点的停歇。车厢里挤满了人，我喘不上气来，我就要憋死了。我喊："简贞，简贞，你快来救救我。"简贞却不知在哪里，我怎么喊也没有人答应。于是，我踹开窗子，跳了出去。大地上都是稻田，一望无际。没有风。天地之间，只有这列火车在呼吸。我想，我终于解脱了，却发现自己在大海里，水就要把我淹没。我又喊："简贞，简贞，你救救我。"这时，简贞从车厢里探出头，伸过手来拉我，但是我怎么也上不去车，我们就这样踉跄地前行，直到梦醒，一身冷汗。

简贞，我已经很久不曾见过她。我们之间共同拥有的，也只是记忆，我努力地复习我们在一起的那些有限的、零散的时光——碎片上的光，我每天都在回忆，一遍遍刻在脑海里，我怕连记忆也没有了，该是多么悲惨。可是近来我发现，我想简贞的时候，我的心不疼了。我害怕，我的心怎么不疼了呢？时间真的冲淡了这一切？

于是，我赶紧拨打简贞的电话。电话通了，却传来一个男人的声音。这个男人是谁？丈夫？情人？哥哥？我不知道。我只想简贞，我和简贞之间，只有这个号码，是唯一的联系渠道，现在，咔的一下就被锁死了。

简贞，火车。这是我曾经苟活于世的证明，当然也曾证明我有过温度。而现在呢，这点余温，仅够我睁开眼睛，还要半睁半闭。

我和简贞，本来是风马牛不相及的人，却意外地相识了，然后彼此拿着锛凿斧锯往对方的身体里砸，出血了，却不疼，有了伤口，却开出花朵。

那年腊月二十八，春运高峰，下午两点，我刚要回家，表哥却来电话。他说："东方，你赶紧给你大姑和

姑父弄张票，要回昌黎，我们进城了，一会儿就到火车站。"我说："哥，你开玩笑呢吧？这是春运，春运，到哪去整票，而且离开车就两个多小时了，我没办法。"他急了，"我不管你啥办法，你不是记者吗，整不到票你就给送上车也行，反正得回河北，你姑说了，死也死老家去。"说完，表哥挂了电话，我傻愣在那里。

火车站人山人海，汹涌如注。大姑和姑父年届八旬，走路已经蹒跚，我扶着他们在人群里挤，表哥扛着行李，冤种一样跟在后面。我们在职工通勤口站住，把行李放下。姑妈和姑父已经累得不行。我说："姑，你非得赶上这时候回去，这不是要命吗？"我姑说："你懂啥？你就给我送上车，就没你的事了。"我不敢和姑妈犟嘴。这时，我同学慌慌张张挤过来，看着我们逃荒的样子咧开嘴乐了。我说："犊子，你乐啥？上不去火车我就用啤酒把你灌死。"他说："我能把老爷子和老太太带过去，给送上车，硬座和卧铺你就别指望了，打死我也办不到。"我姑妈一听，来了精神，她带着几分感激地说："你就把我们老两口送上车，躺座席底下我们都能回去。"我同学赶紧纠正，"老太太，您别想得美了，座席底下您抢不到啊，我看你们到河北也得丢半条命。"我赶紧制止了我同学的论断，怕老人心生恐惧。时间到了，我同学扛起大包小包，领着我姑妈和姑父从安检口去站台。那一刻，我心里特别难受。我知道，一定是表嫂不容他们二老，家里又硝烟四起了，姑妈才决定回河北。表哥窝囊了一辈子，看着老人通过安检口，把头埋到了双臂里。

姑妈和姑父被我同学顺利地给推上了火车，开往徐州的 1538 次列车，行李是从窗户塞进去的。我同学嘴里冒着白沫子给我讲他的英雄壮举。他说："你姑真行，把她前边那个壮汉腰给抱住了，我在后边推，那壮汉往里撞，这才上去车。"我说："我姑厉害，早年是中学教员，见过世面，就是摆不平儿媳妇。"我同学咕咚咕咚灌啤酒，我却在心里担心姑妈和姑父真要被挤犯心脏病该咋办？哎，真是揪心啊。我看看表，车都开两个小时了，该给姑妈打电话，问问他们安顿得咋样了。我刚拿出电话，姑妈却打来了。我赶紧接，"姑妈你咋样？"姑妈却大声说："大侄儿你跟车长说……"跟车长说？我心里嘀咕，怎么跟车长对话？这时，电话里传来一个女人的声音，"你好！"我赶紧说："你好。"女士气喘吁吁，很累的样子，她说："你姑妈说你找我，我是本次列车的列车长，您有什么事吗？"我心里一惊，哎呀！一定是姑妈又拿我这个记者说事，找人家补卧铺去了。姑妈对我这个记者身份那是挂在嘴上，美在心里，就好像没有记者办不了的事，就好像没人敢惹记者。我定了定神儿，半官腔半请求地说："车长您好，我是省电视台的记者，我姓东，叫东方，我姑妈和姑父年纪大了，能不能照顾一下，给琢磨个卧铺，怕老人出事，做晚辈的担心。"车长却说："我不管你东方还是西方，现在连站的地方都没有，哪还有卧铺，你是记者我也没办法，再说，你们这儿的记者也管不着我们徐州段。"说完，咔地把电话挂了。我同学乐得一口啤酒喷在了地上，模仿我的口气说："我是省电视台的记者，请您多多关照。"我伸出手在他脑门子上拍了一下，说："啤酒也堵不住你的嘴。"

　　我无心喝酒，惦记姑妈的身体，又一个小时过去了，电话又响了，又是姑妈。我赶紧接，"姑妈，你咋样？"姑妈在电话里兴奋地说："哎呀，我的侄儿啊，你太有面子了，那个车长把我和你姑父接到了宿营车，还说一会儿要给我们送吃的。"我整个人都懵掉了，赶紧问："姑妈，你咋想的办法，我都让人给拒绝了，你又用了啥招数？"我姑妈得意地说："侄儿，就是你有面子，啥也别说了，大姑这回骄傲了！"姑妈还说："一会儿我把车长电话要来给你，你回头啊好好感谢人家。"我说："行，这是必须的。"

　　姑妈短信用得很熟练，不一会儿就发给我一条信息：1538车长，简贞，丫头个大，好看，美！我回：姑妈好好休息，到了告诉我。我和简贞就这样有了联系方式，粗暴而又简单，彼此还没见到，就有了具体的形象。简贞，丫头个大，好看，美。我也能想到姑妈会怎么吹捧我，在简贞面前，说不定我就快赶上一个名人。想想，心里就惊得慌！

　　我并没有很快和简贞联系，我把感谢她的事给忘记了。大年初一，我给姑妈打电话拜年，姑妈问我："侄儿，你给简车长拜个年，人家那么照顾我，咱们别太装，你是记者，你再有权也得尊重人。"我无语，我是记者，我哪来的权力啊？姑妈却把记者理解成官员，她跟我曾据理力争，记者是无冕之王，见官大半级。我说好吧，那就大半级吧。

　　我给简贞发信息，依旧有点官腔：简车长您好，感谢您对我姑妈的照顾，给您添麻烦了，有机会我安排上你们这次列车采访点儿故事，给你们好好宣传宣传。祝您新年快乐，吉祥如意。发完了，感觉一件事有了交代，心里踏实了一些。其实，我并没有想简贞回信息与否，这对我不重要。一刻钟后，简贞回了信息，很简短：不用客气，记者同志，为人民服务是我们的宗旨，请多提意见，采访就不用了，谢谢！新年快乐。她比我还会官腔。无语了。我看完就把信息删除了，再没回。不一会儿，简贞又来了一条信息，看完我额头冒汗，内容是这样的：您姑妈说您是大作家、大诗人，出过好几本书，我也上网搜了您一些作品看了，确实挺感人，尤其您的奋斗历程，还挺让人敬佩，如果真想感谢我，能否送给我大作拜读，我每周去一次哈尔滨，周六那班车，谢谢。简贞的信息让我佩服姑妈的无敌吹牛术，把我的"光辉形象"四处传扬，据说老家那帮妇女教育孩子都拿我打比方，说你看人家那谁，当记者还写书，你们和人学学，什么事都能办啊，简直就是咱们老家的传奇。从简贞的信息看，姑妈一定是把我吹上天了，要不简贞不可能那样的语气，天啊！我给简贞回信息：谢谢抬举，我确实出过诗集，但是只有一本，如果不弃，一定亲手奉送。简贞没回，我也松了一口气。简贞很快就被我忘到脑后去了。春节过后，我忙着和妻子离婚，闹得沸沸扬扬，不可开交，幸好我选择了净身出户，满足了她的一切渴望，她才作罢，只等签字，协议生效，各走各路，互不为难。那段时间，我总是喝酒解闷，身边有一两个损友，不过酒肉朋友，不交心，酒能浇愁，损友可以一起荒废时光，仅此而已。

春天转眼就到了，妻子去了南方上货，我们离婚协议还没有签，我就搬到了单位附近的一处民宅，和人合

租了一个房。屋子很小，一张床，一个写字桌，连个窗户都没有，灯一关就黑漆漆的，什么也看不见。那段时间，我白天上班，采访也都是对付，上稿量下降，收入锐减，心不在焉，领导知道我的苦处，劝我说："坚强地挺过去，人生就是爬坡过坎，没有过不去的事儿。"我说："知道了，谢谢领导。"然后，我回到自己的小黑屋，关上灯，想象自己躺在一口棺材里。睡着后，我第一次梦见火车，梦见好多人挤在一起，我呼吸困难，就要死过去，就在最后关头，我醒了，浑身是汗。看看手机，凌晨四点，睡不着了，屋子里又憋闷，就出去走。沿着东大直街，路过教堂，清扫工在扫街道，发出沙沙的响声，一辆救护车疾驰而去。我坐在教堂旁边的石凳上抽烟。再一直走，走到铁路街，爬上海城桥，已经是早晨六点，从桥上往下看，火车准备出发，披着晨霜，最早出发的那列已经变换了轨道，驶向了康宁桥的方向，最终离开这个城市。那些要离开这个城市的人真幸福啊，我这样想着，眼睛盯紧了远去的火车。

在铁路街上的一个小吃摊吃了根油条，喝了碗豆浆，胃里暖和了一些，想想该去上班了，就往回走。突然手机响了，是信息：大诗人，您答应的诗集今天能否拜读？1538 次列车，简贞。看完信息，木讷了，人家没忘了这茬，也是认真得可以了，那咋办？君子一言驷马难追，回信息：谢谢关注，一定奉上，请告知时间地点。简贞很快回复：今日一点半到哈站，四点返回机车库，我有三个小时。来我车上吧，到三孔桥下，我接您。我回复：好的，谢谢。我也不知道谢什么，反正感觉自己该说声谢谢。

　　简贞让我在三孔桥上等，准确位置就是下桥楼梯处，底下是哈站的机车库，一排排列车整齐排列，坚定而又威严。我没有换衣服，我并没有感觉这样的见面有多么正式。我懒洋洋地穿着黑色 T 恤、褪色的牛仔裤，手里拿着一本前两年出的诗集《往事随风》，懒散地站在下桥口，心不在焉，魂不守舍，甚至连简贞站到我面前都没发觉。简贞穿着一身制服，白衬衫，红领带，很精神，尽管不像姑妈说的那样美，但却耐看，福气满满的样子。"你好，我是简贞！"苏北口音，微笑了一下。"你好，我是东方。"我脸不觉红了一下，也许是自己灰头土脸的样子让我感觉有些自卑，也许是很久不和女性这样会面，有些懵懂，总之，那一刻我突然有点紧张。我知道是你，大诗人、大作家，你姑妈说你才华盖世，还是美男子，哈哈！简贞一点也不局促，反倒比我还轻松，她乐的时候样子很好看。简贞带我下桥，说要让我看看火车停在家里的样子。车库就是火车的家，开往各地的火车在出发前没进站的一段时间都要停在这里。我说："不去了，这么点时间你好好休息一下吧，跑了一天一夜会很累。"简贞问我："你怎么知道我们运行时间是一天一夜？"我说："我坐过你们这趟车，去河北打工，腿差点挤断了。"她又哈哈大笑说："那你没写首诗纪念一下？"我说："我写了，这本诗集里有。"她说："我一定认真看。"然后，领着我往桥上回返，边走边说："大诗人，看你有气无力的，我还有时间，请你吃饭吧。"我犹豫了一下，下意识地摸兜，没有钱！太没面子了，怎么能让人家请？我瞬间的想法被简贞看穿了，她说："别想那么多了，请诗人吃饭，是我荣幸，下次你请我。"我说："好吧，那谢谢了。"

简贞喜欢吃东北菜，锅包肉、小鸡炖粉条，还给我点了瓶啤酒。我喝了两杯，脸就红了。简贞说："诗人你好好收拾收拾，让嫂子给你打扮打扮，这样邋遢倒是挺文艺的。"简贞说话实在又可爱。我苦笑了一下说："你嫂子我都很久没见到了，可能成了别人的嫂子。"简贞听我这么说，哈哈笑了起来，她说："爱谁谁的呗，是你的跑不了，不是你的谁也没办法，看开点，诗人嘛，总归该洒脱点。"我说："你说得对，洒脱点。"一瓶啤酒喝下去，我醉了，面色通红，很难看，送简贞回车库时，因为风吹，还吐了，真他妈的丢人啊！简贞给我买了矿泉水，让我漱口，分别时嘱咐我注意身体，她说："啥都是虚的，自己身体才是真的。"我只能说谢谢，一遍遍地说。

简贞的那趟列车是四点二十检票，四点四十出发，这趟车承载着江苏北部和山东菏泽等多地来黑龙江务工者的往返任务，车况差，人流大，且多是民工和讨生活的人，情况极其复杂，简贞做这趟车的车长已经有三年时间。她告诉我，干一回这个车次的车长，世界上跑哪的列车她都能管好，绝不在话下。简贞的话我信。

从那天开始，简贞对我更加关注，也可以理解为关心。我们一直保持热线联系，几乎不停地发信息。她会问我某首诗到底是啥意思，也问我吃饭了没。当她读到我写的那首《在1538次列车上》时，她说她哭了，她说人活着还是太苦了，太苦了，但是也得活着啊，还得兴高采烈的，要不让人看笑话。简贞坚强、坚韧，这一点我不如她，从那次饭后分别，我们有半个月没有见，但却几乎是在不停地说话、交心，好像人生一下子有了另一种色彩。

转眼半个月时间就过去了，简贞告诉我，周六她当班，到哈尔滨，如果有时间想见面，还是三个小时的时间。我说行，我愿意，我还告诉她，周五是我人生的大日子，正好周六可以庆祝一下。我问简贞想去哪，她说哪都行，你想带我去哪就去哪吧。

我和简贞好像用了半个月的时间，走完了别人的三年或五年，甚至更久的时间。简贞告诉过我，她的婚姻也不幸福，老公常年酗酒，还经常家庭暴力，她一直在离婚，却始终离不成。简贞说，她如果离婚了，就是一劫过去了。我告诉简贞，哪也别去了，就去我的小黑屋吧，再小、再黑也是家，我想让她回家。简贞同意了。我早早地等在哈尔滨火车站的钟楼下。今天，她特意交代车组的同事，说她有要紧事，让代班车长安排好工作。没到两点，我就看见简贞从通勤口跑出来，而且换了一身休闲装，很漂亮。她的长发披散着，阵阵洗发水的香味让人感觉到温暖。我说："简贞，跟我回家吧。"她说："好，跟你回家。"我们打了一辆出租车，没用二十分钟就到了小区，付了钱，我们下车，我拉着她的手一直爬到八楼，我们累得气喘吁吁。

为了不让简贞太难受，我出门时就把灯打开了。我不能让她一进门就黑黢黢的，我要让她感觉安全、敞亮。但是，再敞亮还能怎样呢？不到十平方米的小黑屋，两个人都有点转不开。我让简贞坐在床上，把洗好的苹果给她吃。她看看床上的一堆书，看看我，眼泪唰地就下来了，她说："你咋过的这么苦呢？"我说："不

苦，这不挺好的吗？还有住的地方，总比露宿街头强啊。"她拉住我，让我坐在她身边，问我："你不是说昨天是你的大日子，今天要庆祝吗？"我说："是啊，给你看看，一切都结束了。"我把离婚协议拿给简贞看，她认真地看了一遍，然后放到桌子上，对我说："你是净身出户？你真爷们，不像我儿子的爸爸，简直就是无赖。"简贞还在哭，把头靠在我的肩上，我没阻止她，既然心里苦，那就哭吧。人呢，在这个世界上，又有几个人能让你敢放下面具痛哭一场呢？

泪水洗净了我们匆忙而过的时光。只有三个小时的时间，还不算去车站打车的时间，我想亲亲她，于是就转过身，把简贞紧紧地拥在怀里，慢慢地贴紧她的脸。我们没有丝毫的陌生和尴尬。简贞说，她爱这张床，爱我，爱我的诗歌，也爱我的忧伤。

简贞要走了，我把她送到车站后，赶紧再往海城桥上跑，因为在这里我可以看见她的那列火车，绿色的火车。我站在桥栏杆旁，眼睛盯着哈站的方向，时间在一分一秒地走过，那列火车终于开出来了，我的泪水汹涌而出……简贞除了陪孩子，几乎把时间都用在了我身上。早饭时，她会发信息，午饭时会发信息，到了晚上，她会给我打电话，让我给她念书听。周三晚上，我给她读《简·爱》中罗切斯特呼唤简的那部分，她在电话里痛哭不止。平静了很久，她说："你想我的时候，我能感觉到，我心会疼。"我说："我也能感觉你想我，你一想我，我也心疼。"

从那以后，我总是梦见火车，梦见绿色的火车在大地上奔跑，梦见人山人海涌向简贞的火车，梦见我被裹挟在人群里喘不上来气儿，真难受啊！我的心好疼啊！我总是这样喊："简贞，我的心好疼……"有时，我梦见简贞，梦见她被列车甩出去很远，她拼命地追赶，却怎么也追不上。

简贞又是周六的班，还是下午到哈尔滨，但是她说，这周她有事不能见我，让我别担心。简贞没告诉我她到底是什么事，我也没有多问，毕竟是跑车的，难着呢，一定是又有大检查什么的了。简贞跟我说过一件事，说他们段上的一个领导总是找她，也经常故意安排填乘来检查车上的工作。有一次在包厢里，那个领导让简贞坐在旁边，故意用手拍她的大腿说："小简，你好好干，要会来事，将来我把你调到好一点的列车上去，这趟车太苦了。"简贞听领导这么说，赶紧表示感谢，又往外挪了挪，躲避领导放在腿上的手。但是那个领导非但没有收敛，还去抱她，这让简贞很气愤，她呼地站起来，对那个领导说："我在这车上干得挺好的，不用调动，谢谢领导。"说完，简贞离开包厢，把那个家伙扔在那。从那以后，简贞的工作总是被批评，什么先进优秀再也和她沾不上边。我告诉简贞小心点，别被算计，她说如果真那样，就拿着炸药包说理去。我说傻孩子，你去哪整炸药，真那样就犯法了，就没机会照顾儿子了。简贞性格中有她的两面性，一面是作为女汉子的坚韧与刚强，当列车长，什么样的人都见过，没有简贞惧怕的。但是，在内心里，又有她柔软的一面，比如家、孩子，当然也包括我。

这周简贞没有见我，让我很担心，是不是那个段领导又找麻烦？还是她身体不舒服？整个周六我在焦虑中

度过，下午还没到四点，我就跑到海城桥上去看她的绿皮火车。这一次，我让出租车司机等着我，等火车开过海城桥，我再让司机开车向康宁桥飞奔，到那儿还能再看一眼，这趟慢车从海城桥到康宁桥的时间，出租车刚好可以提前到，我依然能清晰地看见那列火车，看见那列火车的窗子。直到火车跑得没了踪影，我才返回自己的住处。

五点半的时候，简贞的火车已经出城很久了。我收到她的信息：亲爱的，去花园街和铁岭街口，那有个仓买，我在那放了一把钥匙，你拿着钥匙去博士公寓A座2单元15楼3门，打开进去，你就明白了。简贞要干什么？她哪来的钥匙？谁的房子？我脑子里充满了各种疑问。从我住的小黑屋到博士公寓步行就十分钟，我很快找到了那个仓买。我说："我来拿个钥匙，谢谢。"仓买的老板娘看看我说："你可真有福，媳妇把家收拾完了让你享受，真不错。"媳妇？家？收拾完了？什么意思？我不多问，拿起钥匙就往博士公寓走去。上楼，开门，我一下子惊呆了。这是简贞收拾的，我一下子就明白了，正对门的墙上，挂着她一张大照片，在泰山上拍的，特别漂亮。门的左手边还有一个书架，摆放着新买来的书，几乎都是中外名著，里屋卧室摆放着一个衣架，挂着几件崭新的衬衫和T恤，床上整齐地放着三条新买的裤子，地板上还有两双皮鞋，一双是休闲的，一双是很正式的那种。我抚摸那些衣服，亲近墙上简贞的照片，泪水夺眶而出。谢谢你，简贞，我心里一遍遍念叨着，这个家真好，这个家真好。这时，简贞又给我发来信息：到家了吧，这是我们的家，以后每周我都会回家，在家等我，亲爱的。

　　隔了一周，简贞又回家了，让我在家等她，到楼下时让我去楼下接她。我一下楼就看见简贞大包小包地拎着，满头是汗。我说："亲爱的，这是干啥？"她笑呵呵地说："咋？不愿意啊，我差点把我家搬来，都是给你用的，平时不知道照顾自己，这些东西用起来方便。"我们提着这些包上楼，她满头大汗的样子让我心疼。我说："亲爱的，你这样太累了，我能管好自己。"她说："你得了吧，看你黑瘦黑瘦的，快赶上小猴子了。"说完，她用脸贴了一下我的脸。那一刻，幸福真的简单，美得人可以飞出去。简贞急着收拾家里的东西，我则跟在她屁股后面磨磨叨叨，说白了就是磨人，我喜欢这样，因为我们能在一起的时间太少了，即使每周都见，才三个小时，三个小时啊，对于我们来说太短暂了。把家迅速地收拾好，简贞又该离开了，我们什么也没有做。简贞说："这回有家了，心里就踏实了，也放心了。"我拦了一辆出租车，把简贞送到车站，她没让我下车，让我直接回家，她说："你好好看书写作吧，我再回来，你要给我读你的新诗。"我说："好，亲爱的，我等你回来。"

　　可是我并没有回家，简贞进站后，我赶紧拿出手机打给我同学，我说："你把我送上1538，我没买票。"他不耐烦地说："能不能别打扰我，我正打游戏呢。"我说："我有要紧事，你要不送我，我就去办公室收拾你。"他说："好吧，你来通勤口。"我从通勤口进站，在5站台上了1538。我怕简贞看见我，赶紧找个硬座车厢坐下，把头朝向窗外，一直等到火车开动，我才安心地等待简贞出现，我要给她惊喜。查票的时间到了，当班车长是要和列车员一起查票的。我远远地看见简贞和两个列车员挨个查票。她工作时的样子很飒爽，英姿勃发，我心里隐隐的骄傲。快到我时，我已经趴在桌子上，假装睡着。列车员推我，"醒醒，醒醒同志，验票。"我没抬头，故意大声说："我没有票。"列车员说："起来补，没票还能坐车？"我说："补就补。"说完我抬起头，看见简贞正直直地盯着我，眼睛惊得都要掉出来了。我假装正经地说："补到徐州吧，最好给我来张卧铺。"简贞让列车员去查其他人，拿过补票的夹子，对我说："同志，我给您补票，长春一张，拿好。"她把票塞给我，顺势瞪了我一眼。但是我能感觉到，她的眼睛里满满的都是爱。我舍不得简贞离开，我要送她一程。车到长春，我下车，简贞也下车，目送我，车开动后，我努力地挥手，直到列车消失了踪影。

时光流逝得很快，转眼半年过去了。我们在每周三个小时的幸福时间里，体会着过日子的幸福。每周，她回到我们的家，我们就在一起，有时连吃饭的时间都舍不得浪费，只在一起紧紧地抱着，抱着。什么也不能把我们的三小时阻隔、占用。

又是该简贞回家的时候了，她却告诉我，她请假了，两周。我问她，到底怎么了，她没有说，只是告诉我别担心。可是我能不担心吗？她的丈夫会不会又家庭暴力？还是那个一直对她垂涎三尺的领导？总之，我担心，夜不能寐。简贞给我发信息的次数也明显减少了。我打电话，她也没接。这是怎么了？我有些慌乱，一连三天都是这样的。我不能再等了，我得去找她。可是我到哪里去找她？我们之间除了 1538 这趟列车，除了她的电话号码，我们之间再无其他方式。那也不行，我必须去找她。

我买了一张 1538 的卧铺票，带了点儿吃的，踏上了这趟列车。这是我十年里第三次坐这趟车。这一次，意义却不一样。我的爱人，在这趟列车上往返于东北和苏北之间，横穿平原和丘陵，而我今天就要坐这趟车，去找她。我找到车厢里自己的铺位，放好简单的行李，去洗手间洗了一把脸，就开始四处走。我知道，简贞每周都要在这趟列车上忙碌，每一节车厢、每一个座位、每一个铺位都掠过她的目光，都弥漫过她的气息。我认真地注视车厢里的一切，甚至我能听见她的脚步声，急切的、匆忙的，有时也是犹疑的、疲惫的。换票的时候，我和看起来挺厚道的列车员故意闲聊了几句，我说："哥们，简车长没当班？"他看了我一眼，非常平淡地说："她请假了。"我又追问了一句，假装漫不经心的。"你是谁？怎么认识我们车长？"列车员有了警惕性。"我啊，我是记者，采访过她，一直有联络，这不坐你们的车吗，想看看她。"我解释得合情合理，无可挑剔。列车员也松了一口气，对我说："简车长了不起，我们都很敬重她，至于其他情况不便多说，您是车长熟人，有什么需要就说，我们尽力为您服务。"他的回答滴水不漏，比我技高一筹，等于什么都没说。我说："那好吧，谢谢了，有需要会找你。"

这是一趟慢车，逢站就停，还经常为别的火车让路，好像全中国的大地上就这列火车边走边思考，而其他的列车已经和这个时代一样，迅速得让人跟不上，想

抓个尾巴都难。夜里，车厢内的电风扇发出呜呜的声响，让人心烦意乱，隔壁的小孩传来阵阵吵夜的哭声，加重了我的忧虑，睡不着，又起来走了两趟，最后索性坐在过道的椅子上，闭上眼睛，回忆我和简贞的点点滴滴。不知不觉，我睡着了，我又梦见了火车，绿色的火车，在一片沼泽里奔跑，简贞半个身子陷在泥水里，呼喊着我，我却在车上下不来，我被一群人拉着，我越努力挣脱，他们就拉得越紧……我看见简贞哭红的眼睛，拼命挥舞的双手，撕心裂肺的呼喊，可是我无能为力。

我喊醒了，也是被这沼泽里的火车吓醒了，被简贞的哭声疼醒了。列车刚刚驶出辽宁，还有很远的路。天刚蒙蒙亮，我拿出手机，给简贞发了个信息：亲爱的，我又梦见了火车，梦见了你，你好吗？很久也没收到简贞的回复，我试着打了一下，关机！我的心猛地一沉！

好不容易到了徐州，我该下车了。这就是简贞生活的城市，她从这里踏上编组而成的列车，驶往东北，一步步走近我，又一次次离开。我拿出手机，再次拨通简贞的电话，通了！简贞声音微弱，没了先前的生机。我急切地说："亲爱的你怎么了？"简贞说："你别担心，好好写作，我没事。"我说："亲爱的，我没心思写作，我到徐州了，我惦记你，快点告诉我你在哪？"开始简贞不想告诉我她在哪，但是我已经到了，她也没责怪我，她说："亲爱的，你不听话，不在家好好读书，那你来吧，看看我，晚上就回哈尔滨，行吗？"我说："行，看你一眼就行。"

简贞到底是出事了！我的心如刀割。她的头上包着白纱布，伤口很长，缝了二十多针，是被她的丈夫打的。简贞的妈妈对我并不陌生，简贞常跟她提起我，老太太对我还是非常友好和信任的。

事情是这样的：填乘回去时，简贞当夜班，那个老色鬼又上车检查工作了。对简贞来说，是噩梦。这个领导从不曾放弃打简贞的主意，他后来甚至说："简贞，我在你的列车地板上发现个烟头都能让你下岗，你信不信？"简贞当然信，这是规定，这是铁的纪律，谁也违背不了。但是，拿身体换平安，换好岗位，简贞做不到。这一次来者不善。晚上，老色鬼让简贞去给他安排的包厢汇报工作，简贞不能不去。她一进去，老色鬼就面带愠色，劈头盖脸地把简贞一顿批评，从工作的各个方面进行了否定，事无巨细。末了，他又缓和了一下气氛，温和地说："小简，你还小，不懂事，要想进步，就要多服从领导，多听建议和指导，这样才能上个台阶，你本来挺优秀，可就是不上进，不靠近组织，来来来，坐我身边来，听我好好给你讲讲。"简贞没有坐到他身边，她知道，他是没安好心，又想动手动脚的。简贞没有动，老色鬼就去伸手拉，简贞躲，可是空间太小，老色鬼起来把简贞就抱住了，喘着粗气说："你会来点事，我就照顾你，把你调整到好的车次去。"说完，就去亲简贞，简贞哪能受得了这个，抽出手就给老色鬼一个嘴巴子。啪的一声，响亮而干脆！时间凝固了，过了能有半分钟，老色鬼才气急败坏地说："你给我滚！"简贞也不客气，转身走出包厢。包厢外，简贞事先安排好的两个列车员正紧张地注视着她，她说："没事儿，都过去了，你们好好干。"这两个列车员是简贞事先安排好等在包厢外的，她怕老色鬼狗急跳墙，也怕将来说

不清楚。第二天早晨，简贞被通知停止工作，理由当然是合理的，简贞在通知单上签了字，脱掉制服，换上便装，回到徐州后办理了停职手续。可事情并没有结束，简贞本想利用停职的时间好好照顾照顾孩子，再想想办法重新上车，恢复工作。可是，当她的酒鬼丈夫听说她已经被停职后，把一个瓷碗重重地砸在了她的脑袋上，顿时血流如注。

听简贞的妈妈哭诉了整个事情的经过，我十分懊恼。我说："阿姨，你回去照顾孩子，我在这儿照顾简贞。"简贞却不同意，她说："你赶紧回去上班，你的工作不能耽误。"我说："简贞，没事的，我走了不放心，还不如在这儿陪你。"简贞妈妈看我态度坚决，也害怕她的酒鬼丈夫再来闹事，就说："让东方留这儿吧，等你出院了她再回去。"简贞也拗不过我，只好同意了。

幸好是皮外伤，虽然伤口很长很深，但是没有对脑部产生伤害，算是万幸。我每天陪伴在她身边，简贞也很开心。一天中午，我出去买饭，刚回到病房门口，就听见病房里一个男人吵吵闹闹的。一定是简贞的男人，我猜想。进去？还是躲？我进去，该以什么样的身份与他对话？我躲了，是不是就是个懦夫？怎么办？我内心翻腾，竟不能控制自己，径直走进了病房。

一看见我走到简贞旁边，那个男人就破口大骂："你他妈的是谁？跟我的老婆这么好？"我说："我是简贞的朋友，你给我客气点。"他听我这么说，更加生气，凑近我跟前说："你他妈的是她的破鞋吧，好啊！简贞，你给老子戴绿帽子。"说完，这个男人伸手就来抓我的脖子，我一侧身，躲过他，顺势抓住他的手腕，我说：

"你老实点，再不老实，报警抓你了。"简贞躺在病床上，边哭边喊："你们都别打了，再闹我就跳楼！"我怕简贞太激动，对伤口不好，就把态度缓和了些，但是依然抓住那个男人的手腕，把他推到病房外，我说："简贞是多好的女人，你不珍惜，还打她，你算什么男人？如果你再闹事，我就收拾你，信不？"他说："你能把我咋样？你要想跟她好，你给我一百万，我就成全你们。"我把他按在地上，用力压住他，我说："你给我记住，再敢碰她，让你吃不了兜着走。"他被我震慑住了，嗫嚅着，蹲在地上。我把简贞的男人镇住了，他跟跄地跑出医院，酒气弥漫，让人恶心。

简贞的男人跑了，很长时间都没有再回来。在我的悉心照料下，简贞很快痊愈出院了。她的心情也好了很多，在送她回家的路上，简贞靠在我的肩头，半闭着眼睛。我说："简贞，我要回去了，你自己照顾好自己，休息一段时间，想想办法回去上班吧，咱们哈尔滨的家还在等着你。"

回到哈尔滨，我到报社销假。领导找我谈话，主要针对我近几个月工作的问题，对我提出了温暖而又严厉的警告，我都表示了接受和服从。最后领导说："东方，单位决定派你到小兴安岭去采访和深入生活，要你写一篇反映天保工程十年林区产业发展的大型报道，你要写好，不要让我失望。"我赶紧点头称谢，让领导放心，我会坚决完成好任务。

晚上回到我和简贞的家，看着她的照片，思念之情油然而生。我越来越相信某种神秘的东西，相信缘分，就说我和简贞，好像不需要过程，一下子就进入彼此的

生命，又没有丝毫的戏谑，一切都是认真的，认真到了灵魂里。

我来到小兴安岭脚下的五四林场，这里是天保工程十年来林业产业发展较好的一个林场，所以单位聚焦这里，把我派来。林场在一个山坳里，连绵起伏的森林涌动着阵阵林涛，夜晚的时候，山风会穿过峡谷，带来凉意和舒缓。我躺在林场招待所的宿舍里，给简贞发信息：亲爱的，我来小兴安岭采访了，估计得十天半个月的。你好好休养，工作来得及，会有办法的。发完信息，我就睡着了，毕竟长途跋涉一整天，有点累。

晚上，我又梦见了追火车。这次是在森林里，绿色的火车在森林里穿行，越过树木和野兽，踏过荒草和大地，穿过石头和野花。在森林的尽头是一望无际的沙漠。火车就要进入沙漠，那燃烧着火焰的沙漠，那火光冲天的沙漠，那硝烟弥漫的沙漠，我看见简贞就在火车的第一节车厢里，她就要被火焰吞噬。我呼唤她，向火车狂奔，可是，和这列火车却始终保持着固定的距离，我追不上，追不上……半夜里醒来，山间有些冷。我裹紧了被子，拿起手机看了一眼，简贞给我回信息了：亲爱的，我下周五去哈尔滨，不是恢复工作，是来处理一些事。你出差了，我们就见不上了，我会回家给你收拾屋子。

简贞的信息让我异常兴奋，简贞要回家了！真好。我必须回去，我必须回到我们的家，陪伴简贞。但是我要给她惊喜，我不能告诉她。周四的时候，我坐上开往哈尔滨的唯一一班大巴车，买了一个面包和一瓶水，踏上了归途。

　　晚上回到博士公寓，屋子里显得冷清，我把四处都擦了擦，把简贞在家里穿的居家服也找了出来，放在阳台通风处，让风吹一吹，怕衣服有潮气。我还去了副食商店，买来了简贞最爱吃的哈尔滨红肠和大列巴，这一切都安排好后，我躺在床上想念简贞。还有十多个小时我就能见到她了，真好。半夜的时候简贞给我发了一条信息：亲爱的，你能给我写一首诗吗？我赶紧回信息：亲爱的，我想每天都为你写诗。她回：我只要一首，给我的，这辈子有一首就够了。我回：我一定好好写。

　　简贞回到家已经是周五很晚的时候了。她下午去处理了一些事情，累得精疲力竭。当我听见她把钥匙伸进锁孔的时候，当我听见钥匙在锁孔里旋转的时候，我的心在慢慢地升温，亲爱的简贞，我就要抱住你了，真好。简贞拉开门，把一堆东西先放进门里，抬头看见了我，吓了一跳，旋即扑进我怀里，我们长久地拥抱在一起。晚上，我给简贞做了面条荷包蛋，为她切了红肠，还炖了鸡汤，她特别开心，始终乐呵呵的，工作带来的烦恼没有影响我们此刻的心情。简贞有格局，一点挫折是难不倒她的。

　　晚上，我们在床上手拉着手说话。月光从窗帘的缝隙里流淌进来，清亮而温馨，又有淡淡的忧伤弥漫。简贞翻身，把我紧紧地抱住说："亲爱的……我，我。""怎么了？"我说。简贞只是紧紧地抱住我，泪水湿了我的胸膛。"亲爱的，以后我会回来的很少了。"简贞哭着说。"怎么了？工作恢复不了了？"我问。家里给我找人了，不回这趟车，去别的队了，简贞把头埋在我的胸膛里。简贞在哈尔滨住了几天，我一直陪伴她，四

处走走，我们都很开心，但是心里也都很疼，因为我们知道，我们见面的机会越来越少了。

简贞离开了她原来的车队，去了另外一个单位，这是她坚持自我的结果，而且后来我知道，她到新单位后，就是一个普通的员工，但是她并没有多么难过，她在电话里告诉我，只要肯干，肯吃苦，还能出人头地，不急于一时。在那之后的一年里，我和简贞只见过一次，是我去徐州看她，她实在太忙了，不可能抽出时间来哈尔滨，回我们的家，我的工作也到了爬坡的时候，也忙，我们更多的时间都是在电话和信息里卿卿我我。

但是，时间真的能冲淡这一切，我们的联系竟然渐渐少了，不再如当初那般如胶似漆。更可怕的是，随着时光的流逝，我想她的时候，我的心不疼了。简贞也说："东方，我依然牵挂你，想你，但是，为什么我的心不疼了？"

不，我的心偶尔还会疼。就是当我像当年一样梦到追火车的时候，感觉那列绿皮火车穿过我中年的心脏，让我在瞬间惊醒，又旋即在轰鸣声中昏迷。

痕　　迹

　　我带冯兰离开冰城已经是下午两点多的时间。我们从冰城东站上了那趟最老旧的绿皮火车，票价也是最便宜的。火车吭哧吭哧地蠕动，缓慢，忧伤，它似乎被甩在了时代的最后面，心有不甘，但依然前行。

　　冬天的黄昏，落寞而又凄凉，当它穿过松花江大桥时，我看见我曾经租住的老旧的平房还在那里，冒着黑烟，一定是有新的住客租下了这个房子。当年，我刚来冰城就住在这儿，我的孩子就出生在这里。

　　从这间租来的房子，一步步走向世界的深处，经历纷繁复杂。我尽力讨好这个世界，让自己上升到更高的社会层面，我很累。离婚，不断地变换工作，跟随不同的人，和不同的女人同居，再分开。我不断地寻找内心的安宁。但是，这是徒劳的。当我走累了，不知所踪，我终于决定回去一趟，去那个小镇。

　　冯兰一直在埋怨我，不该坐这趟破旧的火车，而应该自驾去目的地。事实上，她连我要去哪也没有问清楚，她并不在意这些。她精心打扮，光彩熠熠，好像去参加一个盛大的宴会。面对我，她一直是侵略者，从不管我的脸色，她固执地认为，她所做的一切都是为我好。买一个大房子，买一屋子的书，买一辆进口的汽车，买一张结实的床……但是，这一切并没有让我感觉

踏实、安宁。她责备我，常常这样说："让一个男人安心的一切你都有了，为什么你还是心事重重，坐立不安？"是啊，我一直坐立不安，二十年来，我为什么这样？

火车不断地经过一些村庄，落满了白雪的土地，而这一切都在唤醒我最初的回忆。关于童年的贫穷，少年的离家，直到夜色浓重，我再也看不见窗外的一切。火车经过通肯河时我正伫立在窗前，寒意逼人，江河止步，但是没有什么能阻止它们的呼吸。通肯河是我家乡的河，不需要真的看见，我也能闻到它的气息，是的，我从没想到我还能凭借气息就能认出它。而它是否还能想起我？

火车停在三等小站，除了微弱的暗黄的灯光、无精打采的唯一的一个车站值班员，小镇已经悄无声息。没有人把我们等待，没有。这里已经没有人认识我。冯兰有点冷，竖起大衣的领子，裹紧了衣服，"你怎么带我来这么个破地方，太冷了，你要冻死我吗？"她嗔怪我，下意识地抓紧了我的胳膊。我没有回答她，而是带着她走出小站。在站前，还有几辆夏利小轿车，停在那里，司机师傅一边搓着耳朵，跺着脚，一边招揽生意。我和冯兰走向红色的那一辆，司机看起来很老实，憨憨的样子让我感觉安心。"师傅，去哪？"他问我，顺便看了一眼冯兰。她和这个小镇确实反差太大了，但是我不愿意解释这一切。当年我离开时，这里还没有一辆小轿车，毕竟这里也在发生变化，尽管气喘吁吁，但是人间的一切，不变的事物毕竟太少了。

我们上了车。车里冷冰冰的。冯兰紧紧靠在我的肩上，一言不发。她已经被这里的漆黑和冰冷吓住了，此刻她只能听从命运的安排。"去中学吧！"我说。师傅没有应声，发动车子，飞奔而去。从车站去中学的这段路，也就三公里。我在读中学的时候，曾无数次往返其间。有一次，我经过电业所的值班室时，听见里面有打闹声，我就趴在窗户上看。我看见我们的校长正和一个男人厮打在一起，而旁边吓得脸色发白的女人正是我们的音乐老师。电业所丑陋不堪，像是一个骨灰盒，那时我们都这么形容。音乐老师的丈夫就是这里管事的人。我看见校长被他骑在身上，拳头如雨点。我看到这惊悚的一幕，赶紧跑开了。在我转身的一刻，我的音乐老师看见了我。

那时，我们的音乐老师是这个小镇最美也是最丑的传说。人们在嫉妒她的才华和美貌时，也传播着她的丑闻，她和校长的男女关系，她作为外乡人嫁过来时的寒酸和无助。小镇上不允许有这么好看又娇美的女人。

可我总要对冯兰有个交代，她不属于这里，这和她没有关系。这是我的错，我也已经成为路人。车子经过当年的电业所，我和师傅确认，师傅说："是这儿。"我问他："这家人还在吗？"他悻悻地告诉我："都走了，那个女老师辞职了，没有人知道她去哪，她男人上吊了。"冯兰因这样的事情略有兴奋，赶紧问："搞男女关系？咋回事，咋还上吊了呢？"司机师傅不太愿意讲这样的往事，我能感觉到。他只说了一句话："要换成这时候，不就算个屁事了。"是啊，时代变了，一切都变了。车子转过弯，经过黑漆漆的一个黑色铁门，一个深渊般的院落。这让我想起人生的少年时期，如果我没回到这个镇子，我就不会知道我和它如此亲切、息息相关。毕竟那些年的时光，也和我的年龄一样，是淡淡的，是没有色彩的。但是，关于这个黑色的院落，我不能释怀，直到此刻，我让司机师傅停下车，走到大门前，伸出冰冷的手，去触摸，我才知道，是什么又把我带回这里。

站了一会儿，透过门缝往里看，黑漆漆的，好像无底的深渊。冯兰喊我上车，她着急找个去处，吃饭，睡觉。可我并不这样想。我和冯兰相爱两年了，她一直对我关爱有加，我也不知道她为什么如此执着地爱我，她总是说："你别再漂泊了，我就是你最后一站了。"冯兰不可能理解我这样长大的孩子，从乡村到城市，是一个艰难的旅程，就像水，从谷底向高山流淌，需要多大的力量啊！

我知道，冯兰一生只会来这里一次，绝没有第二次。但是这对我并不重要，也许明天天一亮，我们就会彻底分手。我原本可以一个人回来，但是带上冯兰，是一种报复，或昭示，总之，这里有一种东西在闪烁着光芒。我们继续走，就快到中学了，有了灯光。学校旁边新盖了房子，高高大大的，显得愚蠢。

"我念书时没有这个房子。"我和司机师傅说。

"你念书？"冯兰惊讶地看着我，"你在这儿念书？"

"是啊，我在这儿读初中。"

"带我到这儿，为了跟你一起怀旧吗？"冯兰没有情绪。

"不是，我不怀旧，我只是来找回一样东西。"我说。

"找什么？"她问。

"不知道。"我说。

我不是故意对冯兰这样的态度，我只是说实话。我不知道要来这里寻找什么，我又分明感觉到了该寻找的时候。那是什么？我不知道。当年，我看到了电业所里那疯狂的一幕，久久挥之不去。我还记得第二天上学后，音乐老师把我叫到学校的大围墙下，那里很少有人走动，阴森森的。她当时二十多岁，柔柔弱弱的，脸蛋好看，在我心里，她是我的女神，她是一切美好的象征，只要她在这个小镇，我就肯定地认为，这个世界是有温度的。我心疼她。

"你昨天看到了什么？"她问。

"我看到你在哭。"我说。

"没看到别的？"她问。

"没有，我只看到你在哭，别人和我无关。"我说。

"你怎么知道我在哭？而不是笑？"她说。

"你伤心了，是不会笑的。"我关切地看着她。

"谁说我伤心？你懂什么，一个孩子。"她说。

"我不是孩子，我十六岁了。"我争辩。

"那你说我为什么伤心？"她盯着我。

"你不幸福、不快乐，我心疼。"我说的时候有些颤抖。

她没再逼问我什么，而是蹲下去，双手抱住头，哭了起来，我吓得赶紧跑。从那以后，我们的距离更近了。有一次给我们上风琴课，我看见她苍白的手指在琴键上跳跃，而深秋的枯叶正好落在她的肩上。我坐在离她最近的位置，看她垂下来的长发挡住了脸。下午的斜阳罩住她的上半身，还有泪水流淌出来，打在她的手背上。那是多么让人心疼的一刻啊！从那以后，我再也没有爱上过任何一个女性。

那天晚上，是她管理我们的自习课，我正在为一道数学题犯难，她走到我的身后，把手搭在我的肩上，俯下身来，她的长发打在我的脸上，异样的情绪、异样的萌动，莫名的幸福又疼痛。她指导我解开了那道难题，然后用我的笔在纸上写下了一行字：今晚，去大院里等我。

大院，就是刚刚我们经过的黑漆漆的黑铁大门的院落。那时，大院就已经一片荒草，空无一人。我不知道它何以有这么强的生命力。直到这夜晚，它还在……它还在。自习课后，我去了大院，踏过荒草，走向了院子深处那空着的屋子。她在门口的角落里，双手抱住肩膀，凉凉的秋天的夜晚，我面对这样一个女人不知所措。

"你冷吗？"她问。

"我不冷。"我低下头。

"你为什么心疼我？"她伸出一只手，搭在我的肩膀上。

"我不知道。"我害怕，"你是好人。"我说。

"我不是好人，为了转成公办教师，我和那个男人……"她指的是校长。我不懂人世的艰难，当时，我只是一个少年，但是我知道，她不快乐、不幸福。这一点，足够我心疼的了。当然，那时我也不懂人世的芜杂与肮脏。

"去城里弹琴吧，我听说酒吧和西餐厅都雇弹琴的，赚很多钱。"我也不知道很多钱是多少钱，我只是希望她离开这里，而不是陷在这丑陋的地方。之所以丑陋，是因为她那个无能的丈夫，电业所的值班员一次次去学校打闹，说她是婊子、破鞋。我痛恨她被这样侮辱，这些词让我成长的骨头里，沉淀了悲凉。

"我走不出去，我陷在这里了，没有人能救我。"她说。

"我很快就不念书了，去冰城打工，你也去吧。"我像一个英雄。

"走吧，离开这里，不要再回来。"她把我拥在怀里。我不敢抱她，双手茫然。一个漆黑的夜晚，一个女人第一次亲吻了我的额头和脸颊。除此以外都是深秋的夜凉如水。我送她回家，看着她走进那个房子，然后听见一个男人的嘶吼，声嘶力竭的咒骂。我又一个人跑回大院，在我们刚才站立的地方，在她紧紧抱住我的地方，我蹲下来，泪流不止。我知道，我即将离开这里，去一个未知的远方。我能给她留下什么？我不知道。我拿起地上的水泥石块，在那墙上写下一行字，我把笔画刻得很深，很深：

为你，去寻找另一个世界。

站立在学校的操场上，恍若世界空空如也。冯兰在小汽车里瑟缩着。此刻，我不希望她和我站在一起。我需要一个人，重新回到过去的世界。似乎走了很长的路，到头来才发现这只是原地而已。一定有什么令我永远也不能舍弃。学校的最后一束灯光也灭了，一片黑暗。我凭着感觉走向当年那堵红色的砖墙，少有人至的一堵墙。那墙还在，砖也在，我贴紧冰冷的墙，深深地呼吸，这些年，我无数次变成另外一个人，而只有在这里，我才知道我还活着，最初的心跳和那张脸，还在。

但是，我不知道，我是否找到了另一个世界。当我离开小镇，去了冰城或更多的地方。我曾给她写信，但是她没有回音，世界保持它固有的沉默。直到我遇见冯兰，一个出身富贵之家的女人，她足以改变我的命运。当我像一枚秋叶随风飘动时，她一把抓住了我。她说，我的才华让她倾慕，因为她只有钱。我们相识三个月后，她带我回到她的家。她说："你抱紧我！"我说："不！""为什么？"她很诧异，"多少男人想拥有我，和我家的权势与财富。"我点着一支烟，深吸一口，"我不心疼你。"我说。

冯兰并不为我的冷漠伤心，她坚信，只要她在，别的女人就不会乘虚而入。事实上，我从不曾想过和哪个女人恋爱，结婚生子，也包括冯兰。我好像耗尽了所有的力气，就在那个晚上，我在砖墙上刻下那行字的时候，一切就注定了。

司机师傅着急了，他要回家睡觉。冯兰给我打电话问我在哪，我说马上回去。我坐回车里。师傅问我："你们大晚上的到这个镇子干啥？"冯兰抢着说："我男人怀旧，找灵感，写小说。""师傅，你是作家？"司机问我，扭过头。我无奈地笑了一下，没有回答他的问题，而是问他："那个女老师去了哪？她男人怎么自杀了？"司机放慢车速，惋惜地说："她男人总闹她，满街贴大字报，说她搞破鞋，让她在这儿丢尽了脸面，她没办法就悄悄地走了，谁也不知道去哪了，可惜了，公办教师都批回来了。她被校长占了身子，就是为这口饭吃。可怜啊！""她男人啥时候死的？"我问。"她走第二天，他就上吊了，这个窝囊废死了也没啥可惜的，没有男人的功能，还折磨那个女老师，听说浑身都是他拿烟头烫的伤。"司机师傅语气里有惋惜，也有无奈，他说起这里的往事，也有几分沉重。

在小镇的中心街上，有一个旅店，还有一个空房子。我们住下，冯兰有些不开心了。她为我莫名其妙的旅程感到困惑，也为这饥寒而感到懊恼。

"你到底想干什么？带我来这个鬼地方。"冯兰边收拾边叨咕。我对她的质问保持沉默。

"我们什么时候回去？早知这样不和你来了，这哪是旅行，这是下地狱。"她有些暴躁了。

"如果地狱这么美妙，为什么我不早些回来。"我似乎是自言自语。冯兰终于躺下来，没有脱衣服，她怕这张床脏。

冯兰睡着了。我慢慢起身，打开门，轻轻带上，走出旅店的时候，老板娘问我这么晚了去哪。我说："请你帮我照顾一下房间里的女人，我一会儿就回来。"她不耐烦地说："去吧，城里人就是事儿多。"

我走到门外，走向那个黑铁大门的院子。我是凭借着记忆和味道一步步走过去。天越来越冷，但是我并没感觉多么难以忍受。我跳过已经驼背的院墙，再次深入那个院子，那块我刻过字的砖是否还在？我担心，呼吸急促，距离那墙越近，就越紧张。这些年，我走过很多地方，见过很多人，却常常不知自己身处何方。现在，我终于找到了她抱紧我的地方，那堵墙……我离最初的自己那么近，那么近。我从衣兜里掏出火机，打着火，

我努力寻找刻下字迹的那块砖，那有深深的伤痕的砖，那混合着我年少的泪水的笔画。是的，它还在，还在，二十年的时光并没有完全抹去那痕迹，我看见那隐约的斑驳的字迹：为你，去寻找另一个世界。

那一束火光照亮的自己，让我的眼前明亮起来，寒意与夜色中，世界似乎变得温暖，那曾经发生的一切好像瞬间得到了谅解。真的是这样吗？我不知道。

杀　夜

　　深秋的正午，赵村在阳光下弓着身子。自从这个村庄存在以来，就没怎么改变过模样，灰头土脸的。赵村在丘陵起伏的大地的褶皱中轮回，偶尔向外面探出头去，又迅疾地收回来。全村不过几十户人家，房子都是用黄泥坯垒起来的，房顶盖着羊草，厚厚的一层，抵挡着风寒和雨雪。最好的人家，也不过在房子的正面贴一层砖，弄个好看的前脸儿，但是这样的人家一定是村长家。村子被一条很深的大沟分成两个部分，被大片的杨树林包围着的是打谷场，几个妇女扎着蓝色的头巾在收谷子，另外的几个男人则用鞭子抽打着马匹。也许是因为马太累了，步子很慢，男人们着急把粮食收回仓里，就一边咒骂着，一边把鞭子抽到马身上。

　　我和父亲在这样的正午迎面相遇。但是，我不想看他，他大多数时间都在帮村长干活，大气都不敢出。我从种白菜的小园里转向另一边，这样就可以错过他。我刚转身，他就追上我，"跟爹去吴村。"他不敢与我对视，低头看着被霜打过的白菜。"为啥去吴村？"我问。他没有回答，但是脚步异常坚定，向村东边走去，我跟在他后面。

　　父亲的肩膀佝偻着，在秋天的凉风里瑟缩着，蓬乱的头发里还有谷壳和打谷场上的灰尘。他还穿着那双已

经露出脚趾的鞋子，鞋帮上沾着黄泥，硬邦邦的。他的腰间绑着一根麻绳，系得很紧，把青灰色的棉袄勒出了一堆褶子。

　　我是看不起这个父亲的，我恨极了他懦弱的样子。在赵村，他挨得欺负最多，谁踢他，打他，他也不敢还手，甚至都不会骂一声。去年，因为他不去帮村长放猪，被村长抽了好多鞭子，脸上、额头上、后背上，都抽出了血道子。那天我刚从小学校放学回来，看见村长追着他，边骂边打。他没有反抗，只是在村子里躲来躲去。我远远地听到鞭子抽在他身上时，发出啪啪的声响。村长长得五大三粗，眼珠子很大，就像随时能掉出来一样，小孩子们见了他都害怕，绕着他走。他的胆子也大，在山上打猎时，吃坟上的贡品，喝坟头上的贡酒，还经常从野坟里掏出死人的大腿骨，拿回村里吓唬我们。我的奶奶也对父亲恨铁不成钢。她在临死前拉着父亲的手说："你就是杀个人，娘都不会怪罪你，让村里人欺负一辈子了，啥时候能出口气啊！"奶奶是在对父亲的抱怨中死去的，她没有闭上眼睛，而是半睁着，牙齿咬得很紧。

　　村里人对我们家的蔑视和对父亲没有底线的欺负还体现在每一个秋天。我家的玉米种在村子东边的责任田里，每天都有人去偷，有时甚至是明目张胆地抢。八月节刚过，玉米棒子金闪闪发光，就有人先到我家的田里去掰玉米。那天正好父亲在田里，他制止偷玉米的人，却被人家一脚踹翻在地，骂骂咧咧地拿走了十多个玉米棒子。父亲没有追，他拍了拍身上的泥土，双手抱着头，坐在田埂上，不停地抽旱烟。每年到了收割时，我家都是最后收完庄稼的，除去被偷抢的那些，剩下的勉强能够糊口。今年庄稼长得不好，如果再被偷抢，我们就要挨饿了。

我恨极了父亲懦弱的样子，恨极了他被欺负时的忍气吞声。现在，他要带我去吴村。我莫名地没有反驳他，而是跟在他身后一起向吴村走去。

从赵村去吴村的路并不是很远，从村子的东边，经过一片广袤的玉米田，再穿过一片松树林，蹚过飘荡河之后，翻过一个乱坟岗子，下到坡底就是吴村。

我们去吴村的路，所经过的那片玉米田，其中就有我家的那两亩地。我家的玉米挨着村长家的玉米，所以我家的玉米也总是挨欺负。那些玉米习惯性地矮人家一头，弯着腰。当我们路过自己的田地时，看见村长正在田里起伏着，在掰我家的玉米。我想冲上去，但是被父亲拉住了。他什么也没说，只是把腰间的麻绳紧了紧，我习惯了父亲的软弱，只是期盼着快点收完自家的玉米。

村长这一年更加肆无忌惮，眼珠子也越来越大，自从他儿子被飘荡河吞了后，他精神也有些不正常，整天在田里穿梭，晚上也不回村里，经常在乱坟岗子上他儿子的坟前喝酒，挥舞着死人的腿骨，喊他儿子的小名。村里人都说，村长早晚要杀人，只是没有合适的机会。

村长要杀的对象一定是父亲，或是我。因为他儿子的死和我有一定的关系，他们又抓不住把柄，不敢直接拿刀来捅我，只是在等一个合适的机会而已。我深知这一点，但是我和父亲不一样，我没有恐惧，我的身体每天在生长，我的力气越来越大，早晚有一天，我要报

仇，决不能像父亲一样。

　　说起村长儿子的死，确实和我有关系。夏天的时候，村子里的孩子耐不住炎热的天气，都跑到河边想在河里泡着，解解暑气。七八个村里的半大孩子，穿过玉米地，穿过松树林，兴奋地跑到河边，这其中也有村长的儿子和我。他是孩子头，依仗他爹的戾气，我们也不敢惹他。他把我们集中到河边，排成一列，巡视了一番后，轻蔑地对我说："你，小瘪犊子，你就在岸上给大伙看衣服，丢了就整死你。"我没有应允，也没有反抗。他吩咐大伙赶紧脱衣服，不一会儿，一堆冒着臭汗味的衣服就堆在了我面前。我茫然地坐在岸边的草地上，看着他们赤条条的身体，整齐地站在岸边。

　　"一会儿我喊一二三，大伙一起跳，谁不跳谁是王八羔子！"村长的儿子甩了甩胳膊，拧了拧身子，还晃了晃脑袋。其他几个孩子也学着他的样子晃动着。他又挨个看了看，然后喊："预备，一、二……"当他喊出三的时候，一个猛子扎到了水里，扑通一声，打破了因为太阳的炙烤而沉入寂静的飘荡河。但是，其他的孩子并没有跳，而是注视着水里的动静，看着村长的儿子扎入水中后冲击出的水的眩晕。飘荡河的水很鬼道，让人揣摩不透。这是奶奶说的。她常告诉我，轻易不要到飘荡河里去，因为河水也是需要吃饭的，没有人养活这条河，水鬼就会闹事。所以，飘荡河每年都要吃掉一个人。所以当村长的儿子第一个扎进河里后，岸上的孩子们那天莫名地没有按他说的做。而平时，是没有人敢违抗他的号令的。

　　我坐在岸上，也关注水里的动静。但是扎进去的人，半天也没有冒出来。"快跑，水鬼吃人了，一会儿就抓咱们了！"我的喊声让孩子们感到了莫名的恐惧，纷纷往回跑，衣服都顾不上穿，"快回村里喊人，他让水鬼抓住了！"我在后面催促着这些孩子，但是他们顾不上我说什么，仓皇地逃离河边。

　　我没有和他们一起往村里跑，我留下来，盯着水里。不一会儿，村长的儿子就从水里窜出来，挥舞着手臂，努力张开嘴，好像冲我喊着什么，但是我并没有听见，我还没来得及拉他，他就又沉进去了，只留下飘荡河水一圈圈扩散的晕波。又片刻的工夫，他又从水中窜出来，努力扑腾着，仿佛水里有什么抓住他的脚踝。这一次，他离岸边近了点，双手马上就要抓住岸上的绿草，他朝我努力地喊："救我，拉住我。"我看见他苍白的脸，瞪大的眼睛和努力向岸边挣扎的身子，但是我吓得不敢动。甚至当他的双手在抓住绿草的那一刻，我一伸手就可以把他拉上来。可是我的动作太慢了，等我伸出手去，他再次滑入了水中，最后一缕头发被河水吞没，我再也没有见到他。我眼睁睁地看着他被水鬼抓走，看着他成为飘荡河吃下去的口粮。我留下那堆弥漫着汗味的衣服，独自回到家里，我躺在土炕上，睡着了。

　　村长的儿子最终淹死在飘荡河，也可以说是被河水吞到了肚子里，连个尸首都没有找到。村长恨极了我们这些孩子，当然他最恨的是我，因为我并没有表现出悲伤和悔过。当那些孩子跪在他家门口赎罪时，我并没有和他们一样。代替我的是父亲，他跪在村长家的门前，听村长恶狠狠地咒骂，他要让我们一个个地偿命。后

来，在村里人的劝说下，村长暂时放他们回家，他扬言一定要我死。

我和村长很少相遇，我躲着他。父亲不知道多少次乞求他放过我，整天帮他家干活，就像毫无怨言的一头驴，日夜忙碌着。

我和父亲一前一后走着，我们要去吴村，经过自家的玉米田后，还要经过松树林，蹚过飘荡河。我们来到河边，父亲选了一处最窄的地方，准备蹚过去。他从树上掰下一截树枝，自己抓住一头，另一头递给我。

当他的双脚踏进河水后，我真的有点犹豫。我想起了村长的儿子，想起他被吞掉后，一直没有找到的尸体。村里人都说，水鬼是吃人不吐骨头的。我一直怀疑他就潜伏在这条河里，变成了新的水鬼。我很少到河边来，村里人也很少来，只有村长一个人经常游荡在河边，喊他儿子的名字。父亲蹚水的速度很慢，稳稳的，他好像什么也没想，而我却心怀恐惧，总感觉被浸在水里的小腿和脚踝可能随时被抓住。我不敢低头看河水，手紧紧抓住树枝的这一端，小心地跟随父亲，蹚过了飘荡河。

过河之后，我才敢看一眼飘荡河。它是平静的，甚至是美丽的。如果不是亲眼所见，我不相信它能吞掉活生生的孩子，尽管那和我有关，但是凶手是它，而我不过是个旁观者。

我们翻过乱坟岗，走到山冈的顶端时，我又回头看了看飘荡河。它显得陌生而又遥远。在河边游荡的村长，像一个黑点，不断变换着位置，也像一个游魂，若隐若现。

吴村以前出杀猪匠，最出名的是一个小个子，我听说是从赵村入赘到吴村的上门女婿，但是他没有回过赵村，我不认识他。我猜想父亲一定和这个人有关系才来这里。吴村只有十多户人家，躲在山脚下的一个窝窝里，如果没有炊烟袅袅而上，会让人以为这是一个荒村，一个毫无生机的被人遗忘的地方。我们走到村口时，遇见一个穿着藏青色对襟棉袄的老太太，头戴一个黑丝绒的帽子，脚上穿着一双胶皮鞋。她抱着几根干树枝，嘴里叨咕着我们听不懂的话。我们快步经过她，不敢多看她一眼。在我看来，她更像刚刚从坟墓里走出来透口气的死人，她苍白的脸还渗着白霜。

在吴村从西往东的第四户人家门前，父亲停住了脚步。一座孤零零的泥草房，好像已经在这人间存在了几百年，斑驳的土墙被雨水冲刷得泛白，有些地方已经露出了里面的柱脚。房顶的山房草已经朽烂，挡不住一丁点的雨水，屋檐上没有一个燕子的窝，墙根有几个老鼠洞，新挖出来的泥土在阳光下更加稀松和苍白。

我不知道父亲和这户人家有什么关系，我也从没听说父亲有什么朋友。我不关心这些，也不屑于问他。父亲拉开破旧的木门，吱嘎一声，门上的塑料布因为风化的原因，纷纷掉落下来。屋子里黑洞洞的，我们什么也看不清。好一会儿，我们才适应这黑暗。这间屋子看起来已经很久没有人住，土炕上的竹席已经碎成了几块，一个木头的八仙桌靠近炕沿边放着，桌子上只有一个破瓷碗，几颗小米粒干巴巴地粘在碗边。一卷被子，打满了粗糙的补丁，已经很久没有人翻动过。

父亲并不看这些，他盯着墙壁，仔细地寻找什么。

在最角落的一个墙窝里，他把手伸进去，摸了摸，眼睛有了一丝亮色，收回的手里拿出了一把杀猪刀。一尺多长的杀猪刀，尽管很久没人用过，但是依然锋利，寒光还在，杀机还在，木头的刀柄上缠着一层细细的钢丝线。

真是一把好刀。

父亲没有言语，把刀塞进怀里，紧了紧麻绳，就往出走。我跟在他后面，经过塌陷的灶台时，顺手抓起了土台上一把生锈的菜刀。

"为啥要拿刀？"我问。

"这是我的杀猪刀，借给他好多年了。"父亲说。

"你还敢杀猪吗？"我冷冷地问

"有把刀，心里踏实。"父亲伸手摸了摸刀。

我们离开吴村时，天已经黄昏。我和父亲，两个矮个子，走过西边的山冈，落日刚好顶到山冈上。我把那把生锈的菜刀握在手中，感觉自己高大了许多。父亲腰间的麻绳系得更紧了一些。我们不曾说过一句话，天色渐暗，暮色淹没了我怦怦跳动的心。

回去的路，还有很远。经过乱坟岗时，还能依稀看到这些树木、土坟和在风中摇晃的玉米。村长此时不知道躲到了哪里，我仔细地在荒野中搜寻。我怕他突然冲出来，把锐利的东西插进我的心脏，也怕他把我的脑袋按进水里，把我浸死。他常常这样说，只是还没有合适的机会。

在乱坟岗上，因为暮色渐浓，看什么都像悄悄闪动的人影，我因此而紧张。父亲转了几圈，找到了我们家的坟地。坟上长满了荒草，一张黄纸压在坟头，被雨水打得发白。坟头上的纸，是一种昭示，说明这家还有后人。所以，每次上坟祭祖，父亲都要在坟头压一张黄纸。父亲开始为他的父亲和母亲扫墓，他弯腰拔草，把坟上的枯叶清除，归拢成一堆，把坟前的贡桌用手擦了擦，捡了几个野果放上去。做完这一切，他独自跪下来磕头，直到夜色漆黑，他点着一支烟。

我们现在谁也看不见谁，只有那烟头明明灭灭，显示着我们的存在。我不知道父亲为什么不急于赶路，而是来这里扫墓。他怀里的杀猪刀始终没有亮出来，藏得那样深。我手里那把生锈的菜刀被我紧紧攥在手里。

风吹旷野，风吹荒草和落光了叶子的树木。很多声音隐藏在黑暗里，号叫着，或是低吟。我的呼吸越来越急促，但是我努力控制着，不让父亲感觉到我的恐惧。因为，一直以来，是我看不起他。

夜色，如墨，如黑铁，四野之中，隐藏着什么？我不知道。但是我感觉到父亲正在变成另外一个人。此刻，我看不见他，却分明能感觉到他怀里的刀，在跃跃欲试。

不远处的飘荡河，在夜色中也学会了隐身，除了低沉的水声，我也看不见它的存在。一会儿，我们怎么在黑暗中过河？那水鬼会不会在黑暗中抓住我，让我变成水鬼里新的一员？那村长家的孩子是不是还有一张苍白的面孔，盯住我，撕扯我，直到我和他一样。

我不知道。我想问父亲，我们怎么办，但是我不敢出声。我的嘴唇动了动，重又归于静默。

夜色更加沉重，仿佛无数黑鸟的翅膀压过来。不，是黑铁，是棺材的四壁在收拢，压着我，让我喘不过气

来。我把菜刀生锈的刃朝外，做出攻击的姿势，但是我看不见自己的刀。

父亲依然不动。

不知过了多久，风更大了一些，树木摇晃得也更加厉害，甚至不远处的飘荡河也开始摇晃。我的喉咙干渴，心跳加速。伴随着荒草的呜咽，我听见有脚步声踩踏着落叶在向我们靠近，一会儿，又没了迹象。突然，那脚步声又变得清晰，忽快忽慢，忽轻忽重，就在我们的周围。

我感觉到黑暗中的父亲，他又点着了烟，火光在黑夜里是那么突然，我们瞬间暴露在黑夜里，那闪烁的烟头好像在告诉隐藏在黑暗里的看不见的那些东西，我们就在这儿，我们就在这儿！

我越发感到恐惧，好像已经被黑暗中的箭射中，后背浸出了冷汗，头皮发麻，头发纷纷立起来。我往父亲身边靠了靠，好像有生以来，第一次和他离得这么近。

我恨父亲，为什么擦亮火光，为什么点着烟，为什么把我们暴露在黑夜里。我也不知道那和风一起扭动的脚步声到底是什么？是人？还是鬼？

风更大了，万物摇晃得更加厉害，那脚步声又起，围着我们转圈。一圈、二圈，转到第三圈的时候，我听见父亲的手伸进怀里，握紧了那把杀猪刀，当那刀在黑夜里现身的时候，我感觉一股寒光把夜色豁开了一角。

父亲在黑暗中号叫着，把刀舞得呼呼响，他劈，他砍，他削……我听见荒草的呻吟，树枝的求饶声，风的哀求……

此时的父亲，好像一个侠客，我看不见他的眼神，但是他的杀气让这个夜晚变得更加冰冷。

转瞬间，一个巨大的黑影扑上来，父亲的刀只在黑夜里划出了一个优美的弧线，又在瞬间静止下来，那厚重的乌云被划开了一个口子，大雨倾盆而下。

很多年以后，为了去世的村长，我特意回到赵村。父亲说："他没儿子，你回来给磕个头吧。"我在电话里很快答应了下来。那天参加完村长的葬礼后，我再次回到飘荡河边，那河水已经干枯，裸露在苍穹下的河床有牲口来来去去。我在河的位置反复地走，并没有找到村长儿子的尸体。我努力回忆那个被水吞没的孩子，那张苍白的面孔，是那么模糊。

我的父亲，在那个夜晚后，忽然挺直了腰杆，但是他拒绝说起那晚的刀，究竟是杀了谁。

隐秘的焰火

　　林郁把自己锁在房间里。灰色的布艺沙发在午夜的时钟里慢慢老去，茶桌上的台灯有一个蕾丝花边的灯罩，落满了一层淡淡的灰尘。桌子上，木刻的烟灰缸里扎满了烟蒂，溢出来的烟灰在桌子上随风而动。林郁躺在沙发上，双眼盯着天花板，手中没有抽完的半截烟卷已经熄灭。被熏黄的食指和中指并拢着，似乎刚才飘过的烟灰还在缭绕。

　　林郁很少见的在凌晨三点前睡着了。他在时针指向午夜十二点时，微微有些困意，就躺在沙发上抽烟，却意外地睡过去了。这几年，他都是晚轻晨重，一到夜晚整个人就很精神，困意全无；而第二天上午则睡意昏沉，头重脚轻，疲惫而又麻木。林郁睡着的时候，又做了那个相同的梦。这些年，他总是做这样的梦。

　　他又梦见自己在逃跑。这次，他在一个迷宫式的街区里奔跑。灰黑色的高墙，狭窄的胡同，卷起的飞檐，抬头望向天空时，那铅灰色的云，这一切让他异常压抑。身后追击他的人，全都披着黑色的斗篷，头戴斗笠，手中挥舞着棍棒，而不是剑。好几次，这些棍棒就要打在他的肩膀或头上，都被他躲过去了。似乎这些人并不想治他于死地，只是紧紧地跟着、追着，他们奔跑的频率是一样的。林郁不知穿过了多少胡同，越过了多少高墙，他不停地奔跑、跳跃，却不敢回头去看那些追击者。追击者的脚步声、棍棒挥舞的风声，俨然已经成为追击者的一部分，随时都能把他淹没。他终于要跑出迷宫式的街区，当他跃上最后一道高墙，看见了远处的树林、田野和田野边那条闪亮的河流。他终于松了一口气，想回头看看那些追击者的面孔。但是，当他回过头去，他惊出了一身冷汗。在他的身后，是一片浩瀚无垠的戈壁，被乌云压得气喘吁吁，没有一棵草随风摇动，也没有一只鸟缓慢地飞过，甚至连风都没有，天地之间，似乎是一个凝固的水泥块，死寂而沉重。他骑在高墙之上，回忆自己的逃亡，回忆那些脚步声和棍棒的呜呜声，这一切是真真切切发生过的。现在又突然间踪影全无，甚至连这个混乱的街区都不见了。世界重又归于空无。

就在林郁陷入迷惑，不知所踪的时候，从那戈壁里又生出一团人影向他奔袭而来。黑色的衣服，苍白的脸，白色的鞋摩擦着戈壁上的石头和沙子，发出嚓嚓的声音。他被眼前的情景吓得发出了一声惊叫，呼地跳下了高墙，向着树林跑去。在高墙与树林之间的过渡地带杂草丛生，他的双脚分明就踩到了滑动的蛇，那吐出的信子就要舔到他的脚踝，他不敢看，只顾奔跑，身后的那些追击者已经追到了他的侧面。他用眼睛的余光就可以看见这些人苍白如死人的脸。他们几乎是一起在奔跑，当他们的脚步同时触到树林的边缘，那第一棵树在瞬间倒下去，而后是第二棵、第三棵……整个树林都倒了下去。

他不能停止奔跑。他不知道那些追击者抓到他后会

以什么样的方式惩罚他，当然，他也不知道自己为什么要逃跑。离那条河还有不到一百米的距离，当整个树林倒下去之后，他突然感觉到自己的高大，恐惧在减少，慢慢升起的是莫名的力量，催促着他，让他更加加快了脚步。当他跑到河边，看到那滔滔的河水挡住了去路，当他看见那些追击者狂笑着向他围拢过来，他毫不犹豫地跳进了湍急的河水里，并发出了一声决绝的叫喊。

当林郁在梦里喊出那一声"啊"之后，他醒了。醒来的林郁额头浸满了汗珠，他呆坐在沙发上，好半天也没从梦里彻底地走出来。他迷迷糊糊地抓起桌子上的一盒南京牌香烟，从硬纸烟盒里抠出来一支，直接放在双唇之间，咔的一声摁着打火机，把烟点上。黑暗中的烟头明明灭灭，映照着他沧桑的脸。他已经有半个月没有刮胡子了，头发也没有洗，乱糟糟的一团。在林郁的内心里，好像结满了冰霜，总是化不开，总感觉到冷。还有一种疲惫感，也浸泡着他全身的骨头，打不起精神，沉重而又麻木。这样半睡半醒，生不是生，死不是死的感觉，他已经承受了两年，又不知道如何走出这种境况。

午夜时分，林郁又一个人站在二十一楼的阳台上，遥望着远处林业大学植物园那片树林，因为夜色的笼罩，而变得更加神秘。再近一点，是文化园区里的俄罗斯油画交易中心，还有一两家酒吧亮着并不耀眼的灯火，若有若无地闪烁着。师范大学在此时已经完全被夜色淹没，除了那幢美术学院的高楼还能依稀可辨，其他都已经找不到踪迹。昏黄的街灯照亮了文兴街几处老房子，街上除了有一两个在夜市里喝醉的莽汉还抱着大树呕吐之外，再没有什么人还在行走。小区里，寂然无声，偶尔有几家还亮着灯火，是因为年幼的孩子要喂奶，或是哭闹，年轻的妈妈要起来唱《摇篮曲》。林郁站在窗前，一边抽烟，一边望着眼前的一切，又有一种悲怆涌上心头。

在外人看来，他是风光的，至少是小有所成。一个农村孩子，少小离家，独自闯荡省城，从一个收破烂的民工成为一个记者，还自己做了一家文化咨询策划机构，专门为大型企业和地方政府进行文化软实力的打造和外宣品制作。只用了十年时间，林郁就完成了从农民工到记者的转型，而且已经很有名气，初具规模。但是，这十年的辛酸、甘苦，只有林郁自己知道。最忙碌的时候，他要一个人从省城开车五个小时，去小兴安岭的一个林业局，给他们做文化创意和指导，还要做出实施方案。一个案子做下来，几乎是三个昼夜，再累也只能偶尔打个盹，通过审核后，他再独自驱车去一千里外的农场，带领摄制组为那里的水稻生产拍摄专题片。这样拼命的工作方式，使他的身体严重透支，再加上要陪客户喝酒，几年下来他的身体就到了承受的极限。最可怕的是他当年收破烂时不小心得了类风湿这种病，近两年开始侵入心脏，非常危险。

其实这些还不是他所要面对的全部。身体的疾病是可以通过治疗解决的，但是他内心结的厚厚的冰，却不知如何融化，他骨头里的疼痛和麻木，不知道如何祛除。他也深知，冰冻三尺非一日之寒。刮进他内心的寒风，有相当一部分来自于家庭——他们并不和睦的夫妻关系和渐行渐远的那份感情。因为常年在外奔波，忽略家庭，他的妻子是有意见的，但是她从不爆发，只选择了对他的冷漠，心灵的大门慢慢地闭紧。最让林郁灰心的一次，是他因为油画颜料过敏，浑身长满红疙瘩，奇痒无比，用手抓坏的地方就会淌血。有一周的时间，林郁都躺在家里，浑身无力，难受得生不如死。林郁本以为他的妻子会照顾他，给他一些关怀，但是，她基本是不闻不问，好像家里就没这个人。这让他特别伤心，他忍受着眩晕和疼痛去了自己的工作室，一住就是一个月。临出门的时候，林郁看看他的妻子，有气无力地说："你就不能管管我，天天就只顾自己玩手机。"他的妻子连头都没有抬，冷冷地回了一句，"你这些年为了挣钱都不管我们，现在想让我管你，没门，等着吧，要不你就再找一个吧。"林郁没有再说什么，穿上黑色的风衣，用口罩把脸蒙住就下楼了。他们夫妻这样的状态已经几年了，开始林郁没有意识到这是一个问题，他把打拼赚来的钱都花在了家里，买两套房子，买车，送儿子去私立高中，成立工作室，广种薄收，大量储蓄人脉，再想尽一切办法转换成经济价值。在闪转腾挪之间，林郁很难做到家庭和事业两不误，问题也就产生了。

夫妻这种关系是需要经营的，这一点林郁也在反思，他承认自己没有照顾好家庭，没有陪伴好妻子和孩子。所以，当他的妻子在他的病还没有痊愈时，就带着家里留给孩子上学用的三十万储备金和另一个男人远走高飞时，他没有发火，也没有咬牙切齿。他只是到了孩子学校，告诉孩子，妈妈去南方住一段时间，接下来的日子，就要爸爸管你了。孩子也没有太多的意外，因为他的妻子为了自己能够放心离开，已经在孩子面前悄悄地做了很久的工作，对林郁进行了大范围、多角度的批判，让孩子能够理解妈妈的离开。林郁安排孩子住校，交好了各种费用，回到了自己的工作室。那是一个炎热的晌午，林郁躺在沙发上，汗流浃背，汗水刺激着过敏发炎的红疙瘩和挠坏的伤口，犹如针刺，又痒又疼。他想睡一会儿，让自己放松一下，可是怎么也睡不着，于是拿出了自己存了很久的安眠药，吃了一片，二十分钟后，他迷迷糊糊地睡着了。等他再醒来的时候，天已经彻底黑了下来，他感觉到异常恍惚而又茫然，心想自己这些年的奋斗到底是为了什么呢？一家三口，妻子不知所踪，还带走了三十万孩子的教育基金，儿子住在学校，一周才能看一次，自己就这样东奔西走，为五斗米折腰，得失之间，难以考量。他一次次问自己，这样值得吗？但是，他没有给自己答案。

林郁的内心，越来越沉重，精神萎靡，神情涣散，很难集中精力去做一件事。他一个人住在工作室，晚上头脑清醒，白天睡意昏沉，整个人活颠倒了。更可怕的是，他突然生出一种情绪——他总想自杀。好几次，他站在二十一楼的阳台上，打开窗子，把头伸出去，他一遍遍幻想着，要是跳下去该多么轻松，什么烦恼都没有了，让自己的灵魂再找一个好的肉身，享受生命，也让自己重新转世到一个山野深处，做一个樵夫也许更好。

林郁工作室的生意开始下滑，业务越来越少，几乎难以为继。与此同时，他所在的报社领导出了问题，被免职回家。他因为是领导一手栽培和提拔的，树敌很多，加之自己精神状态不好，也选择了辞职。

　　似乎是一夜之间，他用十年时间打拼来的东西，又化为了乌有。林郁开始拒绝和一些人交往，能躲的就躲，躲不开的就强打精神应付着。在林郁内心最重要的两个朋友当中，一个是他称呼为大哥的人，企业老总杨光，是个儒商，与很多高官关系密切，且精通书艺，日日笔耕，小有成就；另一个是他精神上比较依赖的女性，也是这些年一直能够相互温暖，但绝不越雷池的著名女摄影家蓝焰。他们三人常常在一起，胜似亲兄妹。

　　就在林郁的妻子突然离去的第三天，杨光来到林郁的工作室。那天下着小雨，雨是慢慢下的，没有丝毫急躁之气，好像再用力一点，雨就会把这个世界砸疼，再轻一点，人们就感觉不到雨的微凉。杨光穿着一身阿迪达斯的运动衣，一双白色运动鞋，长遮帽盖住额头和眼睛。他敲响了林郁的门。此时，林郁刚刚起床，浑身酸疼，手脚浮肿，头发蓬乱，本来就憔悴不堪的他，显得更加苍老了。

　　杨光敲了三下工作室的门，没有人来开门。他又敲了三声，里面传来了脚步声。林郁穿着拖鞋，无精打采地打开了门。他一看来人是杨光，眼睛里似乎温暖了一些，他俩相互点点头，并没有多说什么，一起进了里屋的茶室。

　　杨光环视了一下工作室，心里沉了一下。古董架上的玛瑙已经落满了灰尘，书柜上的那些国内外名著已经很久没有人翻过，茶具散乱地扔在茶台上，白色的茶杯积了一层茶垢，烟灰缸里插满了一堆烟头，散发着尼古丁的气味。杨光选了中间的那把黑色的椅子坐下来。这是他最喜欢的一把椅子，清朝宫廷里流转出来的，线条圆润流畅，扶手被百余年来不同的主人反复摩挲，已经有了包浆。这把椅子是林郁生意好的时候，花六万元从古玩城淘来的一件真品。林郁喜欢玛瑙，这些年收藏了不少原石，在省城的玛瑙玩家里，他算是数得来的一个。杨光看着玛瑙上落满的尘埃，问林郁："兄弟，怎么了？状态这么不好。"杨光边说边把茶具放在蒸煮专用盆子里，把水加热，开始清洗杯子，并高温消毒。林郁点着了一支烟，深深地吸了一口，"哥，我太累了，我总也缓不过来劲儿，我没有力量了，走不动了。"林郁拉开抽屉，拿出珍藏了二十年的老普洱茶，用茶锥撬下来一块，放进了泡茶的壶里，"哥，今天咱们哥俩喝点好茶。"杨光把烧开的水倒进壶里，把茶洗了两遍，然后开始泡茶。"林郁，你得改变状态，这样下去，人会垮掉，你毕竟还这么年轻。"杨光非常关心地说。"我也一直尝试唤醒自己，让自己再充满力量，可是我怎么努力，还是沉重，走不动，什么也不能让我心动，我也不知道该怎么办。"林郁喝了一口普洱，又给杨光倒了一杯，继续抽烟。此时，窗外的雨不再缓慢，而是变得急促，好像天空要赶紧下完这些雨，还有别的事要做。林郁怕冷，怕潮湿，怕下雨，因为他有严重的风湿病，一变天就会有非常折磨人的酸痒胀痛麻的感觉。每当风湿病开始折磨他，关节就会红肿、酸痛，那是一种难以形容的生不如死的感觉。林郁此时又感觉到关节开始酸痛，赶紧找出一盒双氯灭痛，拿出一片，用白开水吃了进去。"二十分钟后，疼痛就会减轻，或者不会感觉到疼痛。"林郁苦笑了一下，"哥，我这些年，最亲的就是你和双氯灭痛。"杨光看着林郁又把药放回他专

门装药的抽屉里，满满一抽屉的各种药，让杨光心疼：治疗胃寒的、治疗胃溃疡的、保养心脏的、消炎的、止痛的、治疗神经性头痛的……"你总这么吃药不行，去医院系统调理一下吧。"杨光关切地说。"没事儿！"林郁说完低下头，摆弄手里的烟盒。"是不没钱了，哥给你拿，去看看吧。"杨光把手伸进兜里，掏出黑色的牛皮钱包，拿出一张建设银行的卡，放在桌子上，"这里有六万，是我的私房钱，本来是预备咱们哥几个去西藏拍片子的，放你这儿用吧。"林郁看了一眼银行卡，看了一眼杨光，一时不知道说什么好。他确实是没钱了，安顿好孩子，还完欠供应商的货款，他兜里就剩下几百块钱，连工作室两个设计师的工资都没钱开，只能给两个员工打了欠条，并保证一旦周转过来，马上就把拖欠的工资补发。但是，林郁如果不是身心俱疲，精神日渐委顿，他依旧可以赚钱，至少维持工作室的开支和日常接待是没问题的。对于林郁来说，迎来送往是日常工作，每年在这方面花二十万左右他也不心疼。因为对于生意人来说，投入和产出是有比例的，没有舍就没有得。尤其是他，没有任何背景，也没有任何过硬的关系，只能靠一张好嘴、一双勤腿、一颗热心，除了这三样，他没有任何可以和人交换的资本。所以，几年下来，他的疲惫，他的无力，是可以理解的。现在，当他看见杨光放下的银行卡，内心十分酸楚，想想自己当年意气风发，四处出击，短短几年就买房子买车，让身边人很是敬佩，现在竟然落到了需要朋友接济的地步。想到这儿，林郁把银行卡拿起来，递给了杨光，"哥，没事儿，弟弟还能坚持一段时间，真挺不住了，我就找你。"林郁把卡塞到杨光手里。杨光接过银行卡,再次放到茶桌的抽屉里,"你拿这个钱,东山再起,去做点事吧,没本钱怎么能运作项目呢,把设计师都找回来吧,妙香山旅游规划项目你不是才做一半吗?再拖下去人家就告你了。"林郁好像也突然想起了什么,坐直了身子,"是啊,妙香山旅游规划项目耽搁很久了,我实在不愿意动,你不说我都快忘了。"林郁赶紧翻出手机,打开,找到蓝焰的手机号,边拨号边说:"哥,我给蓝焰打个电话,让她做好准备,我们近日出发去妙香山,完成规划方案。"

但是蓝焰的手机却怎么也打不通。林郁只好作罢。当茶喝到第五泡时,雨停了,云彩有了裂隙,阳光从云缝里射出来,屋子里一下子亮起来。"去收拾收拾吧,刮刮胡子,洗洗脸,咱们出去走走,也看看蓝焰。"杨光把最后一杯茶喝掉,清洗了一下茶具。林郁转身去了洗手间,开始洗漱。

两个人走出工作室,林郁锁好门,又拉了一下,感觉没问题了,才抬头望了一眼天空,此时天更加晴朗,阳光好像已经憋闷了很久的孩子跑出来,拥抱着林郁满目的沧桑。大街上,车流汹涌,行人匆匆,还是那个忙碌的世界,还是那么忙碌的人们,世界并没有因为我的缺席而停顿,林郁这样想着,不觉得一阵悲凉。他已经好几天没有下楼了,而且,长久以来,他已经习惯给自己一个特定的环境,那就是白天也必须拉上窗帘,让屋子暗下来,这样他才感觉安全和踏实。现在,他完全暴露在阳光下,是如此无力和虚弱。看来这个世界真的需要重新适应,难道我还要像从前一样忙于应付,疲于奔

命吗？我是不是该换一种活法？哪怕拮据一点，只要能赚够孩子的学费和生活费，只要父子两个能活下去就好，还要那么多干什么呢？林郁这样想着，在离杨光两步远的距离陷入了沉思。看见林郁走神，杨光赶紧提议，"林郁，别在那儿瞎琢磨了，咱俩去找蓝焰吧，你打不通她电话，估计是在家修行呢，去看看她吧。"林郁接受了杨光的提议，两个人上了杨光的越野车，朝蓝焰家的方向出发。

蓝焰的家在一个高档小区，她的爱人是一家大型集团公司的董事长，孩子在美国读书。她的生活是让人羡慕的那一种，先生是所谓的大款，孩子送到国外，她本人又是摄影家，名气很大，受人尊重。按说这样的生活是完美的，但是蓝焰并不快乐。最近每次他们三个在一起，蓝焰都是郁郁寡欢。杨光是三个人中的老大，也颇有大哥之气度和胸怀，对一个兄弟一个妹妹很是关心。蓝焰的家里事，他们是知道的。——蓝焰的丈夫在外面包养了一个女人，还生了一个男孩儿，生米不仅做成了熟饭，还有了一颗沉甸甸的果实。这个孩子成了那个女人的撒手锏，她曾经找过蓝焰，让她赶紧和丈夫离婚，成全他们一家三口的幸福生活。但是，蓝焰拒绝了这个女人的要求，她不能这么稀里糊涂地就让这个家散了，当然，她还要保守秘密，不能让远在美国的女儿知道家里的情况，以免影响学业。可是，当蓝焰去找她的丈夫，要好好谈谈时，他选择了逃避，不见面，不交流，打电话不接，发信息也不回。这些乱糟糟的事情一拖就是几年，蓝焰无数次被那个女人纠缠着，折磨着，甚至午夜电话的谩骂，随时随地信息的骚扰，让她几乎崩溃，最后只能搬到另一处房子里，换掉手机。这样做倒清净，蓝焰也喜欢安静的生活，可是她需要给女儿交代，所以一边编织着关于幸福家庭的谎言，一边告诉女儿，不完成学业，就不许回来，只有这样，这一切才能不揭开盖子。对于蓝焰这样出身书香门第，且有一定知名度的女人来说，社会影响比什么都重要，她绝不能让人看自己家的笑话，她也不能让女儿承受这些变故。

蓝焰的新手机号和新住址也只有杨光和林郁知道。两个人来到单元门口，按响了门铃，半天也没有反应，再按，又是一阵丁零零的响声，依旧没有人开门。两个人的心骤然收紧，难道是出去采风拍片了？但是这又不太可能，因为蓝焰已经很久不搞创作了，她总说自己已经把要拍的都拍尽了，不能一味重复自己，所以需要放一放，等冲出这个瓶颈再说。这一点，杨光和林郁深以为然，蓝焰对自己的创作是很负责任的，绝不允许自己对摄影艺术有半点的敷衍，这也是她赢得业内尊重的原因。

两个人在单元门前徘徊了一会儿，"会不会是打坐呢？"杨光说："咱们再等会儿，如果是打坐，那一定不能打扰，等她吧。"林郁点点头，掏出烟，点上。"你那烟少抽吧，一天两包烟，要命的节奏。"杨光劝林郁少抽烟，林郁也不应允，遥望着江边的古树，若有所思。不到一刻钟，杨光的电话响了，是蓝焰的号码，他赶紧接起来。"大哥，是你俩来了吗？我刚才打坐，听见门铃响。"杨光赶紧说："是啊，妹妹，我和林郁来看你，赶紧开门吧。"蓝焰现在异常谨慎，自从那个女人没有底线地骚扰她后，她几近崩溃，神经紧张，不电话确认，她都不敢开门，尽管她知道，除了杨光和林郁，没有人知道她住哪，可她还是紧张。

杨光和林郁陪蓝焰坐在窗边的红木茶台旁。松花江滔滔东去，没有半点的懈怠，因为污染而变得浑浊的江水却不减前进的力量，偶尔有几个雨后畅游的人，露出黄色的泳帽，在水中一起一伏。偌大的江面只有一两艘被打造成龙舟一样的机动船在行驶，稀疏的游人坐在船上，散漫而又寂寥。江岸上的榆树和柳树因为刚刚被雨洗过，显得格外发亮，留在叶片上的雨滴闪烁着光芒，三两行人穿梭其中，点缀着雨后的世界。

三个人半天也没有说话。林郁凝视着江边的风景，杨光烧水沏茶，蓝焰为两个人扒了橘子，放在桌子上。她把头靠在红木椅子的靠背上，眼神空洞而又呆滞。这让杨光很心疼，作为大哥，也作为知情者，他看着蓝焰一天天消沉下去，心灵承受巨大的折磨，但是他又没有更好的办法可以帮助她渡过难关。林郁也是让他心疼的兄弟，可是除了在困难时给予最实在的接济，又能怎样呢？他非常清楚，蓝焰和林郁，一个妹妹、一个兄弟，都是心灵的问题。而心灵的问题，谁又能太多地插手呢？事实上，也是很难插手的。

杨光把水烧开，拿出蓝焰自己收藏的福鼎白茶，切了一块，煮上，不一会儿，淡淡的茶香就氤氲开来。白茶是茶中的公主，也是蓝焰的最爱。这批白茶是蓝焰在鲁迅美术学院进修时，她的福建同学给的，她特别珍惜。蓝焰租的这幢房子陈设简单，客厅里一套灰色亚麻布艺沙发，墙上挂着几张装裱好的蓝焰拍摄的风光摄影作品；墙角还有两件木雕，一件是黄杨木的观音，一米高，宝相庄严；另一件是紫檀木雕刻的花瓶，线条粗犷，动感十足，有一缕朴素而高贵的光低沉地闪过。杨光看着这些作品，又看看蓝焰，心里在想，说点什么能让她开心呢？他脑海飞速地转动着，突然，他想起不久前的一个消息，在第五届国际农业摄影大展上，蓝焰的作品获得了金奖。于是，他赶紧问蓝焰："妹妹，你又获国际大奖了，我们为你高兴。奖金不少吧？"蓝焰看了一眼杨光，眼神依然淡漠，丝毫没有因为这个消息而有半点波澜。"嗯，是获奖了，就是那幅《大地织锦》。"蓝焰用手指了指墙上那幅北方田野摄影作品。林郁也随着蓝焰的指尖，盯住了那张作品。林郁熟悉这张作品里的风光，那是他长大的原野、四季、庄稼、牛羊，那些风中摇曳的白杨树……"祝贺啊，是不是得请我们哥俩喝点啊，祝贺一下。"杨光故作轻松，想让蓝焰开心点。蓝焰却不回答，对着茶杯里醇厚晶莹的茶汤出神。杨光看她不说话，继续说："妹妹，什么事都能过去，你功成名就了，内心也该强大点。"蓝焰喝了一口茶，用纸巾擦了一下嘴角。抬头看了看杨光，突然站起来，"哥，你让我怎么强大，我的丈夫和别的女人连孩子都生了，我被那个女人折磨，随时随地被骚扰，现在有家都不敢回，你还让我怎么强大。我怕女儿知道家里的这些丑事，百般遮掩，你让我怎么强大？哥，我快承受不住了。"蓝焰用双手捂住脸，又猛地抬起头，把头发使劲地向后捋了一下，几根白发已经悄然地生出来，犹如初冬的雪。"不行就离婚吧。"杨光给她倒了杯茶。"离婚？我才不。我不能便宜那个女人，也不能让孩子他爸得逞，我就要拖着他们，让她永远做小三。"

蓝焰猛地把茶喝进去。

　　杨光不再说话，遥望着窗外的松花江。这时，他的手机响了，他看了看号码，起身去门外接电话。平素里，杨光接打电话是不需要回避林郁和蓝焰的，某种程度上，他们没有秘密。林郁看杨光出去，也懒得多想。他感觉浑身酸疼、关节痒痛、僵硬笨滞，无心跟他们说话，他躺在了客厅的布艺沙发上，翻来翻去，像一条被反复煎烧的鱼。不一会儿，杨光回来，并没有看出有什么不一样，他再次坐到茶台前，拍拍蓝焰的肩膀，"妹妹，出去吃点东西吧，哥给你俩补一补。"蓝焰未置可否。林郁起身，把烟揣在兜里，稍微整理了一下自己，先出去了。他正好想出去透口气，把胸腔里的压抑吐出去。很久以来，他感觉心口堵着一堆一堆的碎石子，而后背则压着巨石。

　　林郁在小区的绿地旁等着杨光和蓝焰。他知道，蓝焰一定会和杨光出来的。多年以来，这三兄妹不离不弃，杨光像一个长兄，照顾着这两个异性的亲人，可以说是事无巨细。三年前蓝焰的影展，杨光是总策划和赞助人，林郁负责作品的装裱和运输、布置，兄妹三人忙得不亦乐乎。那时候，他们每个人都在人生的阳光里享受着各自的成长，却不知三年后，蓝焰陷入了婚姻危机，林郁的抑郁已经很严重，唯有杨光，作为一个大哥，还坚挺地站在他们的背后。

　　杨光和蓝焰一前一后走出单元门口，林郁扔掉烟头，迎上去，谁也没有说话，走到小区外面，他们上了杨光的越野车，呼啸而去。在观江国际楼下的一家高级泰国餐厅，车停下来，保安赶紧开门，迎接客人。三人来到大厅，迎宾美女迎了上来，客气地说："杨总好，多日不见您。"杨光点了点头说："还坐我喜欢的那个位子吧。"杨光让蓝焰坐在里面靠窗的位置，林郁则坐在正对门的地方，杨光深知林郁的习惯，他不能背对门坐着，那样没有安全感。杨光自己背对门坐了下来。点菜员此时已经站到杨光身边，微微弯着身子，等待着三位客人点菜。杨光看看蓝焰，又看看林郁，"今天我做主吧，反正我是大哥，我说了算一回。"他侧身告诉点菜员，"把你家招牌菜，上八道，按我们口味合理安排吧。"说完，不再看点菜员，拿出手机，发了一个信息。蓝焰比在家里时状态好了一些，面色红润了起来，白色的圆领小衫，蓝色的七分裤，随意又散发着自然美，尽管满目苍凉，但是依然不失为一个美人。"林郁，你少抽烟吧，对身体不好。"蓝焰对林郁说。"心里总没着没落的，再不抽烟，更定不住神儿了。"林郁说着，又去拿烟，被蓝焰制止了。"和你十年前比比，你看看你变化多大，还焦虑啥呢？放松点，还得往前走，你现在这状态不行啊！"杨光内心理解林郁的抑郁和焦虑，他是承受得太多了，又难以释怀，时间久了，人就封冻了。在杨光看来，林郁不是一个做生意的料，他更像一个文人，敏感又自卑，善良厚道，但有时候太感情用事。"我就是没精神，浑身没劲儿，我也不知道啥能让我动起来。"林郁说的是真的，这两年，他麻木僵硬，半睡半醒，近乎枯竭，又浑身无力的感觉，什么也不能给他力量，女人、钱，都不好使，他每天只是封闭着自己，把自己关在屋子里，只有在黑暗中，他才感觉踏实、放松和安全。"你得锻炼身体，体育锻炼能改变人的心情。"蓝焰打开窗子，一股凉风刮进来，三个人都感觉舒爽了很多。"锻炼过，坚持不住，膝关节不是一直有毛病嘛！"林郁摸摸自己的膝盖，凉凉的。"出去走走吧，要不你俩一起出去，换换心情，我让办公室给你们安排好行程和机票。"杨光的公司规模很大，是给大型三甲医院提供医疗设备，算是大生意，几乎垄断了三个地区的市场，但生意上的事，他不太和他们两个说。"林郁自己去吧，我不能走，闺女再有一个月就回来了，我得安排好她回来的事。"蓝焰说完，杨光和林郁的心几乎都顿了一下。这不是一个好消息，女儿回来，蓝焰就要面对很多问题，想瞒住女儿的事情就会被捅破，那个女人不会放过这个机会闹事的。"安排好，咱们没事不惹事，惹事不怕事。"杨光看着林郁，接着说："照顾好蓝焰，孩子回来这段时间，我可能不在省城，你精神点，多陪陪她。""你去哪？"林郁问。"还没定呢，到时候你就知道了。"杨光微笑了一下，林郁没有往心里去。蓝焰简单地吃了几口，喝了点汤，林郁饿了，有点狼吞虎咽，不一会儿就喊胃疼，只有杨光稳稳当当地吃，还喝了一点红酒。

　　三个人吃完饭往出走的时候，杨光问了蓝焰："妹妹，钱上没困难吧？"蓝焰回答："没困难，我自己有一些积蓄，可以应付一段时间。"杨光关切地看了她一眼，"我给你留了几万，刚才给你放茶桌的抽屉里了，密码是你的生日。"蓝焰想拒绝，却被杨光挡住了。蓝焰知道杨光的脾气，这是不能拒绝的。

　　三个人又上了杨光的车，却不知道该去哪。林郁心神不宁地望着车窗外，蓝焰拿出墨镜带上，遥望着远方。杨光的心也很乱，但却表现得镇定。林郁和蓝焰各怀心事，并不关注杨光的内心，在他俩看来，杨光一直是强大的，不需要他们关心，"你俩能听我一次不，跟我去个地方。"杨光不等他们回答，就转舵，奔高速公路的方向去了。

　　绥满高速犹如一条黑色的长龙，穿过浩瀚无边的原野，蜿蜒向东，一直抵达中俄边境。杨光开着车，不时看看外面的风景。这是他熟悉的景色：无边的绿树，无垠的玉米在风中摇晃，低地和河流闪烁着银色的光芒，与天空遥相呼应。偶尔有飞鸟落在林梢，发出清脆的鸟鸣，起伏的丘陵间有狭长的草场，散漫地行走着牛羊。蓝焰喜欢这样的风景，喜欢穿行在自然之中。状态好的时候，也就是家里没出这些事之前，她有心情四处去行走，采风，拍下了无数的精品，这两年家里闹腾，让她停止了创作。此时，起伏的大地、生机盎然的田野、芬芳的空气让她心情轻松了好多。她回头看看林郁，"不发点感慨吗？这么美的田园风光。"林郁半躺在后座上，睡眼惺忪，"还不都是那么回事，好看能咋的？"蓝焰把头扭回去，目视前方，看着眼前的路一公里一公里地向后退去。她看看杨光，突然发现他的眼圈是黑的，脸色很苍白。"哥，你的脸色怎么那么苍白，咋了？"杨光专注地开车，听见蓝焰说话，没有转头，很平淡地回了一句："没事，这几天没休息好。"蓝焰内心有一种隐隐的不安，杨光身体一直很好，都是面色红润，精神头很足，此时的状态让她心里一沉。林郁还是迷迷糊糊，无精打采的样子，蓝焰招呼他，"林郁，你精神点，别活不起的样子。"林郁哼了一声，不情愿地坐了起来，

"咱俩陪大哥说会儿话，开高速容易发困。"林郁揉了揉眼睛，"说啥啊？"蓝焰对林郁有一种恨铁不成钢的感觉，"你那个妙香山的项目别再拖了，再拖人家就告你了，你也得干事啊，这样下去，人不废了吗？"杨光把车里的音响打开，放了一点轻音乐，"是啊，弟，你得恢复状态，你看你前些年那干劲儿，多让人佩服啊，现在这样人会垮掉的。"林郁听哥哥姐姐这样说，他是服气的，在这个城市，除了他们两个，再没有人能这样关心他、鞭策他。但是，他也想让自己活起来、动起来，可是，怎么努力也是无济于事，他感觉自己越来越沉，在下坠、在结冰，通体冒着寒气。

　　行车将近两个小时，在绥西站下了高速，三个人来到了金龟山脚下的柳树河边。杨光把车停好，"我们下车吧，看看我的老家。"杨光领着林郁和蓝焰在河边漫步，不远处一个只有十几户人家的小村在下午的阳光中昏昏欲睡，村子里静悄悄的。"这是真正的世外桃源啊！"蓝焰感慨地问："哥，你就生在这？""是啊，我就生在这个小屯子，从这去乡里读中学，到县里念高中，再考进省城的大学。"杨光站在河边，望着自己出生和成长的村子，"我家那时候特别穷，去乡里上学，午间回不来，我娘就给我带个苞米面大饼子，三个咸菜条，一直到高中毕业都是，后来读大学了，我就做家教，摆地摊，想尽一切办法赚钱。工作之后，一个月工资才几十块钱，根本不够养家糊口，我就毅然选择了放弃公职，去给人家跑业务，一步步走到今天。"杨光和林郁要了根烟，林郁犹豫了一下，"哥，你不是戒烟很久了吗？""没事，给我点上吧，我爹就爱抽过滤嘴，可惜老爷子没了好多年了。"蓝焰看话题太沉重，提议再往前走走，于是他们绕过河湾，向一个稍稍起伏的陡坡走去，那里是一片坟地，荒草盖住了坟冢，杨光仔细地辨认着，在最靠近三棵榆树的地方找到了自己家的祖坟。

他半跪在死去的父亲的坟前，往土里插了三根点着的烟，自己也点了一根，沉默良久。蓝焰和林郁站在两旁，默默地看着大哥抽烟。这么多年，他们都没看见过杨光这么低沉。

"林郁、蓝焰，你们是我的弟弟和妹妹，虽然不是亲生的，感情却不比亲生的差，拜托你们俩点事。"杨光看着蓝焰和林郁。他的话让两个人十分诧异，林郁也半跪下来，问他："哥，你怎么了，怎么这么说话？"蓝焰也弯下腰，靠近杨光，"哥，出什么事了？我就感觉你今天不正常。"山野的风，穿过林间的缝隙吹过来，有一种淡淡的清香沁人心脾，在这个家族的墓地前，他们紧紧地靠在一起。"南河市的市长出事了，已经双规，我俩的交集太深，今天已经得到消息，他在里面都交代了，所以，哥必须面对……"蓝焰呼地站起来，"啊？哥，一直传他要出事，这么快，你俩咋还有交集？"林郁抓住杨光的胳膊，"哥，你想咋办？我俩能为你做什么？"杨光拍拍身上的尘土，站了起来，"你们什么也不知道，也管不了哥的事，以后常来这里看看就行。"

兄妹三人返回省城，已经是午夜时分，林郁和蓝焰分别回了自己的住处。临别时，两个人不放心大哥，非要陪着他，但是被杨光拒绝了。那一晚，林郁内心更加慌乱，总感觉有什么事情要发生，双手使劲搓着。凌晨

四点，他已经不能控制焦虑和担忧，拨通了蓝焰的电话。蓝焰也一夜没睡，"林郁，咱俩得去大哥家看看，我总感觉要出事。""好吧，咱俩打车分头去！"林郁赶紧下楼，截了一辆出租车，奔杨光家飞奔而去。

当他们赶到杨光家的时候，一辆救护车呼啸着远去。就在刚刚，杨光从自家十六楼跳了下来。他以这种方式了结了一切。他在给蓝焰和林郁的遗言中这样写道："好好活着，钱不是人这一辈子最重要的，它可能是锁链，把我们都绑在了死神的腿上。弟弟、妹妹，什么也不如轻松快乐地活着，希望我的死能触动你们开始一次新的再生。"

白玉手镯

硬笔书法　才春雨

白玉手镯

省城古玩行最近有点不平静，原因是业内收藏大佬兼学者林子楠的一篇文章。以这篇文章本来受一个古玩商所托写的吹捧文章，以求提升自己的身价。但没想到的是，林子楠虽然点评和肯定了这个古玩商的几件藏品，但是也旁敲侧击地批评了他的功利和对玩家偶尔的不负责任。这让古玩商心里七上八下，夸也夸了，骂也骂了，到底是捧还是踹，业内众说纷纭，私底下都在互相议论。

林子楠是和田玉鉴定专家，师从考古学家闵寿先生。他又多年混迹古玩行，淘了数不清的好东西，也是一个让人羡慕的大藏家。在省城古玩行，谁想提身价，赢得公信力，那得林子楠说话,换言之,林子楠说话,那就是钱,是价值。

当那个想提升身价的古玩商看到林子楠为自己写的文章后,脑门就冒出了汗,他知道,自己被舆论推到了风口浪尖,褒贬之间,话锋犀利,林子楠嬉笑调侃中就把该说的说了,该骂的骂了,等于是把古玩商给架在了火上。

这样下去不行,必须把林子楠请出来再写个续篇,为自己正名,换句话说就是只吹捧不批评,这样才能给自己赚回面子,再提提身价,都说盛世收藏,现在国泰民安,玩古玩,玩玉石的越来越多,谁有公信力,谁就能赚大钱,谁就能掌握那些手握重金不敢出手的大老板。想到这,古玩商赶紧给林子楠打了一个电话,盛情邀请他来藏宝阁喝茶,古玩商还客气地说自己很久没听林老师当面教诲，智商和情商都急速下降，请求林老师来拯救他。这番好听的话让林子楠也很受用。因为他深知，在这个行当里，自己修炼了二十多年的功力是需要释放的，他的话语权是要合理使用的，但是用归用，决不能过度使用，也不能白用。林子楠不是唯利是图的人，但也绝不允许被随意消费，自从入行以来，特别是江湖地位奠定之后，他圆融通达，上下贯通，成为业内的一个宝贝。

但是，过去的一年，林子楠家中出了点麻烦事。他的妻子突然罹患乳腺癌，让整个家庭蒙上了一层深灰色。其实，林子楠这个家庭一直都是冷冰冰的，属于那种濒死婚姻，又不得不勉强维持运转。这其中既有道义担当,也有孩子的牵绊,复杂得很。

林子楠当年携家带眷闯荡省城,还是一个一文不名的野小子。他和早来入行的同乡收古旧书籍,充其量是个学徒,搬搬扛扛,很是勤快。他的妻子当时在一家商场做保洁,勤俭持家,哪怕有一口好吃的也要留给林子楠,哪怕是留馊了、臭了,自己也舍不得吃。后来,林子楠逐渐学到了知识,自己独立门户,闯荡江湖,悟出了不少门道,也开始赚了一些钱,买了房子,安了家,一家人总算安定下来。但是,在林子楠所有感悟当中,有一条彻底改变了他的命运,升华了他的人生——读书。他深刻地认识到,要在这个行当里有作为,必须有广博的知识,有深厚的底蕴,否则是走不远的,你做得

再好，也就是一个小商贩，小老板。林子楠边赚钱边奋发读书，四处求教，最后考取了师范大学历史系的研究生，师从有民国四大才女之称的闵寿先生。求学期间，林子楠博览群书，理论联系实际，既有实地踏查，也在浩如烟海里寻觅珍珠，最后凝聚成几篇洋洋洒洒的论文，见诸权威学习期刊，从此奠定了他的江湖地位。就在林子楠迅速前行，火速上升的那段岁月，他的妻子却一直止步不前，还是从老家出来时的那个模样。渐渐地，两个人拉开了距离，林子楠成为了学者、儒商，妻子却还是农村妇女，他们的婚姻也陷入了精神危机。面对这种情况，林子楠努力过，他给妻子报了电大，还给她推荐不少书籍，但是他的妻子却不以为然，每天只顾家务事。时间久了，林子桶的内心却越来越空，越来越冷，夫妻之间能交流的也只限于孩子的学习。没有精神交融，也没有思想碰撞，当然也很久都没有床笫之事。前几年，林子桶的生活中闯入了一个女人，确切地说，是一个没结过婚的姑娘——师范大学美术学院油画系的副教授田野。田野十分仰慕林子桶的学识和才华，林子桶也喜欢田野的恬静与温柔，作为一个女画家，她的才华也是可以的，与林子桶对话交流也是绰绰有余。几年下来，两个人的情感持续升温，常常形影不离，只差一纸婚约。但是，林子桶从不给田野这样的承诺，田野也从不越雷池，向他提出关于婚姻的要求，只是呵护着林子桶的身体，关心他的健康，温暖他的心灵。林子桶为此感动，并觉得亏欠田野。每当温存过后，林子桶拥着田野光滑的胴体，亲吻着她白皙的手臂时都在心里默默想着，要给田野弄一个好的和田玉手镯，还要上好的料子，出自宫廷的，只有这样的宝贝才配得上田野的善良和高贵。

林子桶如约来到古玩商的藏宝阁，是一个周日的下午。他也在这约了田野，晚上要一起吃饭，田野最近有点贫血，他要给她补补。

这个古玩商的藏宝阁在省城的黄金地段一个大厦里，装修甚是豪华，可谓是金碧辉煌，从各个角度证明了古玩商的土豪身份。林子桶是从心里看不起土豪的，对于这些胸无点墨挥金如土的人，他保持了高度的警惕，同时也绝不手软，绝不自降身价，价码不到位是绝不替他们说话的。

古玩商热情有些刻意，烧水沏茶，嘘寒问暖，阿谀奉承，让林子楠心中反感，但是也假装亲切，心里却筑起了防线。林子楠知道古玩商的用意和目的，古玩商也知道林子楠的城府，两个人各怀心事，又隐藏各自的锋芒。

"林老师，上次您写的文章，让兄弟很有面子，您是轻易不出手，出手就了不得啊！"古玩商言归正传，向自己的目的靠拢。

"兄弟，我不是随便说话的人，更不随便为行里人说话，你是我心上的朋友。"林子楠不慌不忙，喝了口茶，又把自己的七彩天目杯轻轻放下。天目杯他自己带来的，养得灵气十足，彰显着他的地位。

"是啊,是啊!林老师想捧红谁,谁就红,您为谁说话,谁的身价就不一样啊!"古玩商先看看先准备好的一个牛皮纸信封,此刻正静静地放在茶台旁的古董架上,也同样地满怀心事。

林子桷听古玩商这么说,心里多少有点小受用,又绝不落人口实,"兄弟,我可是轻易不为谁说话,我只为藏品说话,为宝贝说话,有价的是物件,无价的是咱们行里的尊严。"林子桷微微一笑,用手扶了扶自己的玳瑁做的眼镜框,把身子向后靠了靠。

古玩商被林子桷给不软不硬地批了一顿,面色有微微的变化,又瞬间笑了起来,"林老师说的是,这也是您被我们行业里万众敬仰的原因啊!"他边说边把古董架上的信封拿过来，推到林子楠面前。

"林老师，这是做兄弟的一点心意，请笑纳。"林子楠看看信封，凭厚度，他知道里面是一万块钱。他连眼皮都没抬一下，也没有动。

"这是干啥？你请我写篇东西，不用整这个，我也是为行业说说话。"林子楠迅速地拉开了两个人的距离，因为他知道，古玩商还想让他说好话，以平复上一篇文章因为批评所引起的风波。

"林老师，是不是嫌薄气？"古玩商故作不谙世事，又装得忐忑不安的样子，疑惑地看着林子楠。

"兄弟，绝不是钱的事，你我相交一场，情义无价吧。"林子楠说话很有水平，既没说钱到底是多还是少，又自然地抬了一下自己的身价，情义无价，这一无价就不好说多少是多，多少是少了。

　　"那您看兄弟该怎么做，您这样就把兄弟拒绝了，我这脸没地方放啊！"古玩商拿出一盒软中华，慢慢撕开，朝烟盒底部拍了拍，抽出一根，递给林子楠，林子楠接过烟，古玩商又小心地给他点上。两个人相视一笑，吞云吐雾，话题转到了别处。

　　"林老师，嫂子身体咋样，去年住院给你操劳够呛。"古玩商很会沟通感情，因为林子楠的妻子，是他的软肋，也是痛处。

　　所以，当这个古玩商提起自己妻子的病时，林子楠心里疼了一下，这个问题，让他五味杂陈，一下子又让自己陷入了矛盾中。林子楠明白，这是古玩商在拿软刀子扎人，套近乎。

作为男人，你的心软了，那么防线就有了漏洞，就可能被击垮，功亏一篑。林子楠重重地吸了一口烟，眼前顿时一片迷雾。此刻，林子楠的内心五味杂陈。自己的糟糠之妻，去年刚刚得了一场重病：乳腺癌。就在妻子得病之前的五月，林子楠经过很久的挣扎后，已经决定和妻子摊牌，要自己净身出户，把车子、房子、存款等一切都留给孩子和她。不仅如此，他还决定负担孩子全部的学习、生活费用，并一直资助妻子的生活，直到她生命终止的那一天。林子楠下定决心，并在那个初夏无数次地打着腹稿，希求以最温暖的语气和方式向妻子提出离婚的想法。但是，就在他鼓足勇气之时，他的妻子默默地放在桌子上一纸诊断，乳腺癌！林子楠脑袋里的一声，天旋地转。想了无数次的腹稿，一次次积累的勇气，精神上的折磨，都在顷刻间化为泡影。他决定，离婚的事从此不提，先给妻子看病，救命。经过小半年的折腾，手术，放化疗，动用最好的医生和资源，林子楠在医院和家庭之间奔波，把自己热爱的事业暂时放到了一边，当然也包括田野。尽管他们偶尔也在一起，但是明显地力不从心。这期间，田野从不曾为难林子楠，甚至还帮他处理一些杂事，尽量为他分担。直到林子楠的妻子病情稳定下来，他们都松了一口气。此刻，古玩商提起自己的病妻，让林子楠的心里升腾了一股寒意。

"兄弟，谢谢你关心，家事，家事，不足为外人道也。"这话说得巧妙，以守代攻，礼貌地把对方推出了很远，又筑起了一道另外的高墙，让伸过来的软刀子缩了回去。林子楠的智商与情商，绝非一般商人所能抵挡，他一字千金，谁也不能伤他半根毫毛。

又是短暂的沉默。古玩商还是少些城府，"林老师，您看……"古玩商的内力还受不了这番角力，总是急于要一个结果。

林子楠把烟头摁灭在烟缸里，一副若无其事的样子，绝口不再说和钱有关的事。他看了看表，下午四点半，离他和田野约好的时间还有一个小时，这一个小时对他来说足够了，足以谈妥任何一件麻烦事。

"兄弟，最近这段时间收了什么好东西，让哥哥也开开眼，长长见识。"林子楠摘下近视眼镜，用眼镜布认真地擦了擦，又慢慢地戴上，然后看着古玩商。

古玩商正在犯难的时候，被林子楠的这

个要求给解救了，钱是朋友间最难处理的事，尤其是面对林子楠这种人，钱绝对不是有力的武器，但是不给钱又办不了事。现在，林子楠要看看他近期的藏品，又能免费鉴宝，又能缓解尴尬，何乐而不为呢？古玩商赶紧打开保险柜，小心翼翼地拿出三件红绒布包着的物件，放在桌子上。"林老师，这三件东西是我这小半年的收获，您给掌掌眼，可别笑话兄弟。"

林子楠点点头，也没客气，拿起白手套戴在两只手上，慢慢打开红绒布，第一件是一块和田玉籽料，带老皮，皮色显红，正应了那句话老玉带红价值连城；雕工也是大师级别，弥勒佛栩栩如生，让人煞是喜爱。林子楠一眼就看出这是个老物件，值得收藏。

"兄弟，这东西不错，老料，老件，出自名

师之手，算是一个宝贝啊！"其实，这个物件虽然上乘，但绝不是难得一见的宝贝，林子楠这样说，是一种客气，而且他故意不说是和田还是羊脂，这让古玩商听得心花怒放。作为商人，他们虽然也有一定眼力，但是缺少知识和见识，基本都是以牟利为主，自然没有法眼，林子楠却不同，他把牟利放在次之，而更注重内涵和品质，也是因为这样，他才能淘到好东西和真宝贝。

林子楠又打开第二个红绒布包，一个白玉手镯赫然出现在眼前，让林子楠身心一颤。对他来说，这件东西都不用仔细审视，凭感觉就够了——这是个宝贝，这个羊脂白玉手镯，高贵之气绝非一般宝贝能比。但是，林子楠并没有表现出如何的欣喜，他镇定地看了

两遍，又轻轻放下，"这件也不错，上好的和田而已。"古玩商听他这么说，又迅速地观察他的表情，心想，这老林确实见过大世面，这么好的和田玉，他不咸不淡地给略过了。而林子楠深知，这个古玩商的学养不够，眼力迟钝，这个手镯，他一定是按和田玉收的。事实也如此，古玩商确实按和田玉收的这个镯子。古玩行水深，不小心就会被淹死，这话是林子楠的老师告诉他的，二十多年来，他吃过亏，上过当，一身功夫也是刀山火海滚过来的。

　　林子楠过眼的第三件东西，是一个乌冻鸡血石，质地细腻，洁莹如玉，半透明，凝重鲜亮有厚度，深透石中，有集结或斑布均衡，是个好东西，林子楠大大地夸奖了一番，让古玩商紧锁的眉头又舒展了许多。

"兄弟，这三件东西都不错，你的眼力越来越好了，我自叹不如了！"林子楠捧着对方说，"这个弥勒佛雕件，哥哥告诉你，是块羊脂，雕工好，轻易不要出手，日后增值绝非一倍两倍；这个镯子嘛——"他点了根烟，吸了一口，"虽然没有走眼，但是价格不该收的太高，日后出手也难；鸡血石不错，这样好的料子在我们这已经很难遇到了，所以说兄弟你现在了不得了！"林子楠故意把和田玉雕件说成了羊脂，摆了个迷魂阵，又点评了一番，然后就不说话了，只顾抽自己的烟。他还在琢磨这个镯子，这不就是天赐的宝贝吗？自己寻寻觅觅要给田野一个好镯子，看来这就是老天给她准备的。

古玩商赶紧表示感谢，又谦卑地说自己还要跟林老师多学习，心里却打起了算盘：这林子楠是一等一的高手，应该不会走眼，三件东西，他却偏偏看不上自己花大价钱收的这件白玉手镯，难道真的是自己走了眼？这个镯子是花十万块钱收来的，难道不值？想到这，他赶紧试探着问林子楠，"林老师，您看这镯子，您给估个价？"说完赶紧谄媚地给林子楠倒茶。

"你这是为难你老哥啊，这是咱们这行的禁忌啊！"林子楠往烟灰缸里弹了弹烟灰，他心里清楚，这东西算是无价之宝，就是看一眼也算有福气。林子楠又看了看表，时针指向了五点，该走了。但是，他的内心深处，舍不得这个物件，却又丝毫不能表现出来。他用手梳了梳头发，整理了一下衣服，"兄弟，我该走了。"他拍了拍古玩商的肩膀，"有些东西入手要谨慎，虽然不会花太多冤枉钱，但是出手会很难。"这句话是在暗指那个镯子，等于间接告诉古玩商，这东西很难出手。古玩商看林子楠要走，一下子着急了，什么事都没办，什么话也都没说清楚，人就这么走了，他心里有点慌。

"林老师，再坐几分钟吧，兄弟这还有话没跟您说呢。"

林子楠很凝重地看着他，"兄弟，我可是知无不言了，该说的话哥哥都说了。"他拍拍古玩商的肩膀，"兄弟，哥很少替行里的人在媒体说话，这你不是不知道。"

"我知道，我知道，林老师为兄弟写的

文章真是醍醐灌顶,兄弟很感激,就是……"古玩商挠了挠自己的秃脑袋,"真心想求林老师再来个续篇,要是那样,感激不尽,感激不尽啊!"古玩商又把林子楠按在椅子上,他心里盘算着,这个林子楠到底会不会写,如果写,我该出个什么价?一万不行,就两万,总不会宰我"一巴掌"吧。哎,这个林子楠,一肚子墨水,斗不过他啊!

林子楠坐下来,双目微闭,好像冥想着什么,突然他睁开眼睛,似乎找到了什么灵感,"兄弟,前几天省报收藏家版找我谈谈经典藏品,金玉古玩城的张总正好有几件不错的东西,让我做个系列,你说我咋好拒绝呢?"林子楠一语双关,既给了古玩商希望,又抛出了那个张总,等于是给自己提了个价码。这个暗语，古玩商听得懂，他的心里也在盘算着，看来该出手了，要不这林子楠老江湖，一会说不定喊出什么价儿？自己还不好拒绝。他又给林子楠点上烟。

"大哥"，这次他不再叫老师，而是改了称呼，显得近乎，"大哥，您就先从我这开始，兄弟不差事儿，正好我这……"古玩商拿出一张卡，塞到林子楠手里，"这里有三万块钱，大哥，您给嫂子买点啥，做弟弟的一点心意。"

林子楠连看都没看这张卡一眼，就给他推了回去，"兄弟，你这不对了，咱们哥俩不是钱的事，你知道哥不差钱。"古玩商赶紧赔着笑脸，连声说是。他心里琢磨，

这林子楠不差钱也倒是真的，他的藏品随便哪一件也能在北京买一套一百平方米房子，那他差什么呢？难道是相中了我的东西？古玩商的脑海里迅速地过了一遍自己的物件，除了刚刚过眼的三件，林子楠并没有关注太多其他的，莫不是相中了我那块和田玉雕件？还是那块鸡血石？这两件东西他很感兴趣，那个白玉手镯虽然自己花的钱最多，但是林子楠还没看上眼，这也算是幸事，要是他真要这个镯子，还真舍不得。想到这，他暗下决心，豁出去了，只要林子楠高兴，能给自己写这续篇，再提提价码也值了。

"大哥，这鸡血石、羊脂雕件，你喜欢哪个，弟弟就请哥哥珍藏了，好东西落在您手里，那是有福气了。"

林子楠听古玩商这么说，赶紧严厉地批评他，"兄弟，我怎么能夺你所爱，那不是君子所为，这两件东西日后都能卖个好价钱，我再好好给你点评一下，业内会有很多人来关注的。"林子楠不愧是江湖大佬，底蕴深厚的学者，他给了古玩商一颗定心丸，意思是你放心，我林子楠投桃报李，你满足了我，我也会给你一个大回报。

古玩商一听，乐了！"哥，听我的，您挑，您挑。"他把那两件东西推到林子楠面前。林子楠知道，自己的目的马上达到了，心里还是泛起了喜悦的涟漪。

"兄弟，我们都不容易，在这古玩行里生存那是上刀山下火海，能走到今天不容易，哥哥该帮你的一定会帮，而且要帮好。"

林子楠故作为难的样子，想了想，"兄弟，这样吧，哥拿一件留个纪念，但是绝不能拿这两个宝贝，我呢，就拿这个镯子吧，这东西常见，你还能再淘弄。"林子楠说完，起身要走，但是手却不碰那个镯子，他要对方给亲自塞进包里，还要赔着笑脸，还要恭送一程，这是他林子楠的范儿，也是他的江湖地位。

古玩商心里还是猛地一沉，林子楠到底还是要了这个镯子，他以为他根本看不上眼，以为他肯定会从那两件里选一件。尽管林子楠说他对这个白玉镯子看走了眼，不是稀罕东西，但是他也是花大价钱收的，心疼那是肯定的。他不想给林子楠这个东西，心里火速地盘算着办法，怎么能留下这个镯子。

"哎呀,哥,这个破镯子您看不上眼,不拿这个。"说着话,他把那个鸡血石拿了起来。

林子楠一看,这小子不着道心,"兄弟,不行,这是你的宝贝,哥不能要!"林子楠态度坚决,让古玩商左右为难。在他心里,林子楠的话,他不敢全信,又不得不做参考。他分析林子楠的话,说那个雕件是羊脂,他更愿意这样相信,所以他不给林子楠拿这个,那个白玉手镯,林子楠说是和田,他不托底,怕着了林子楠的道心,自然舍不得,所以坚决以大方的态度献上那块鸡血石。到了这个节骨眼,林子楠高姿态,选了一个人家说最不稀罕的,那也就只好打掉牙往肚子里咽了。古玩商赶紧站起来,把镯子用布包好,恭恭敬敬地

塞到林子楠的包里，连声道谢，"哥，日后还仰仗您给兄弟抬抬身价啊！"林子楠搂住古玩商的肩膀，往外走，"兄弟，我这恭敬不如从命了，镯子我替你收着，哪天你想玩，哥给你拿回来。"古玩商赶紧赔笑，"这哪敢，哥手里的东西，借兄弟个胆子，我也不敢动心呢，以后啊，这镯子就是您的了，这东西有福气，有福气。"古玩商送走林子楠，心里十分忐忑，到底着没着林子楠的道儿？他也不知道，几番纠结，他也不想了，反正林子楠要为自己说话，只要他一说话，自己的藏品价值就成几倍的翻，这样一想，他心里稍微好受了一些。

　　林子楠走出古玩商的藏宝阁的时候，已经五点十分，一个周旋下来，他还是有点累。他在路边打了个车，直奔和田野约好的地点而去。在路上，林子楠满满的成就感和幸福感，得了宝贝，还能献给自己深爱的女人，愧疚之心也能有所平复。这样想着，他赶紧给田野发了信息：可能晚点亲爱的，我终于为你淘来了一件无价之宝——我承诺给你的白玉手镯。发完信息，他感到无比轻松，迷迷糊糊地睡着了。

到了和田野约好的，省城最好的海参馆儿，己经是六点多，他快步走进定好的单间，和田野来了一个拥抱。田野温柔地给了他一个吻，"亲爱的，白玉手镯呢？"她也迫不及待地想要看看自己心爱的男人，为自己献上的宝贝。是的，宝贝呢？林子楠赶紧去拿自己的已，可是包呢？林子楠呆住了，那个装有满满的爱的白

玉手镯的包落在了出租车里了。

追火车的人

　　我站在康宁桥上，看桥下的火车慢慢地远去。我常常想，生活也不就是这列车一般，看似漫长，总也过不完，其实也就是一会的工夫，就走完了最后一节车厢。

　　我把双手放在桥栏杆上，身子靠住冰冷的铁管，寒风吹着额头和火车的汽笛声。我爱火车，也爱曾经在火车上行走的人。我曾经也在那列车上，只是因为某种特殊的缘分，我又不得不下车，重新走路。我的梦里常常是火车奔跑，在黑夜里，火车疲惫不堪，我也疲惫不堪。有时我在车上，有时我在大地上追随它。简贞说她也做同样的梦，梦见她被火车带向远方，又一步步走回来。我们的梦境不都相同，她可以回来，而我永远没有归途，找不到路。我和简贞相识时，我跟她说了我的梦，她不说话，就是开心地笑。她莫名的笑让我感到很诧异。她为什么笑，而不是哭。我还记得，我第一次给她讲我的梦，我的火车，我追着火车奔跑，她就笑，但不是开怀大笑，只是笑，眼睛里水汪汪地笑。

　　有一天晚上，我又梦见了火车，在大平原上不停地跑，一个站点也没有，不曾有半点的停歇。车厢里挤满了人，我喘不上气来，我就要憋死了。我喊：简贞，简贞，你快来救救我。简贞却不知在哪里，我怎么喊也没有人答应。于是，我踹开窗子，跳了出去。大地上都是稻田，一望无际。没有风。天地之间，只有这列火车在呼吸。我想，我终于解脱了，却发现自己在一片大海里，水就要把我淹没。我又喊：简贞，简贞你救救我。这时，简贞从车厢里探出头，伸过手来拉我，但是我怎么也上不去车，我们就这样跟跄地前行，直到梦醒，一身冷汗。简贞，我已经很久不曾见过她。我们之间拥有的，也只是记忆，我努力地复习我们在一起的那些有限的、零散的时光——碎片上的光，我每天都在回忆，一遍遍刻在脑海里，我怕连记忆也没有了。该是多么悲惨。可是近来我发现，我想简贞的时候，我的心不疼了。我害怕，我的心怎么不疼了呢，时间真的冲淡了这一切？

于是，我赶紧拨打简贞的电话。电话通了，却传来一个男人的声音。这个男人是谁？丈夫？情人？哥哥？我不知道。我只想简贞，我和简贞之间，只有这个号码，是唯一的联系渠道，现在，咔的一下就被锁死了。

简贞，火车，这是我曾经苟活于世的证明，当然也曾证明我有过温度，而现在，这点余温，仅够我睁开眼睛，还要半睁半闭。

我和简贞，本来是牛马不相及的人，却意外地相识了，然后彼此拿着锈斧铁锯往对方的身体里砸，出血了，却不疼，有了伤口了，却开出花朵。

那年腊月二十八，春运高峰，下午两点，我刚要回家，表哥却来电话。他说，东方，你赶紧给你大姑和姑父弄张票，要回昌黎，我们进城了，一会就到火车站。我说，哥，你开玩笑呢吧？这是春运，春运，到哪去整票，而且离开车就两个多小时了，我没办法。他急了，我不管你啥办法，你不是记者吗，整不到票你就给送上车也行，反正得回河北，你姑说了，死也死老家去。说完，表哥挂了电话，我傻愣在那里。

火车站人山人海，汹涌如注。大姑和姑父年届八旬，走路已经蹒跚，我扶着他们在人群里挤，表哥扛着行李，冤种一样跟在后面。我们在职工通勤口站住，把行李放下。姑妈和姑父已经累得不行。我说，姑，你非得赶上这时候回去，这不是要命吗？我姑说，你懂啥？你就给我送上车就没你的事了。我不敢和姑妈犟嘴。这时，我同学慌慌张张挤过来，看着我们逃荒的样子咧开嘴乐了。我说，筷子，你乐啥？上不去火车我就用啤酒把你灌死。他说，我能把老爷子和老太太带过去，给送上车，硬座和卧铺你就别指望了，打死我也办不到。我姑妈一听，来了精神，她带着几分感激地说，你就把我们老两口送上车，躺座席底下我们都能回去。我同学赶紧纠正，老太太您别想得美了，座席底下您抢不到啊，我看你们到河北也得丢半条命。我赶紧制止了我同学的论断，怕老人心生恐惧。时间到了，我同学扛起大包小包，领着我姑妈和姑父从安检口去站台。那一刻，我心里特别难受。我知道，一定是表嫂不容他们二老，家里又硝烟四起了，姑妈才决定回河北。表哥窝囊了一辈子，看着老人通过安检口，把头埋到了双臂里。

　　姑妈和姑父被我同学顺利地给推上了火车，开往徐州的1538次列车，行李是从窗户塞进去的。我同学嘴里冒着白沫子给我讲他的英雄壮举。他说，你姑真行，把她前面那个壮汉腰给抱住了，我在后边推，那壮汉往里撞，这才上去车。我说，我姑厉害，早年是中学教员见过世面，就是摆不平儿媳妇。我同学咕咚咕咚灌啤酒。我却在心里担心姑妈和姑父真要被挤犯心脏病该咋办？哎，真是揪心啊。我看看表，车都开两个小时了，该给姑妈打电话，问问他们安顿得咋样了，我刚拿出电话，姑妈却打来了。我赶紧接，姑妈你咋样？姑妈却大声说，大侄儿你跟车长说。跟车长说？我心里嘀咕，怎么跟车长对话？这时，电话里传来一个女人的声音，你好！我赶紧说，你好。女士气喘吁吁，很累的样子，她说，你姑妈说你找我，我是本次列车的列车长，您有什么事吗？我心里一惊，哎呀！一定是姑妈又拿我这个记者说事，找人家补卧铺去了。姑妈对我这个记者身份那是挂在嘴上美在心里，就好像没有记者办不了的事，就好像没人敢惹记者。我定了定神儿，半官腔半请求地说，车长您好，我是省电视台的记者，我姓东，叫东方，我姑妈和姑父年纪大了，能不能照顾一下，给琢磨个卧铺，怕老人出事，做晚辈的担心。车长却说，我不管你是东方还是西方，现在连站着的地方都没有，还哪有卧铺，你是记者我也没办法，再说，你们这的记者也管不着我们徐州段。说完，咔地把电话挂了。我同学乐得一口啤酒喷在了地上，模仿我的口气说，我是省电视台的记者，请您多多关照。我伸出手在他胭门子上拍了一下，说，啤酒也堵不住你的嘴。

我无心喝酒，惦记姑妈的身体，又一个小时过去了，电话又响了，又是姑妈。我赶紧接，姑妈，你咋样？姑妈在电话里兴奋地说，哎呀，我的侄儿啊，你太有面子了，那个车长把我和你姑父接到了宿营车，还说一会要给我们送吃的。我整个人都懵掉了，赶紧问，姑妈你咋想的办法，我都让人给拒绝了，你又用了啥招数？我姑妈得意地说，侄儿，就是你有面子，啥也别说了，大姑这回骄傲了！姑妈还说，一会我把车长电话要来给你，你回头好好感谢人家。我说，行，这是必须的。

姑妈短信用得很熟练，不一会就发给我一条信息：1538车长，简贞，丫头个大，好看，美！我回：姑妈好好休息，到了告诉我。我和简贞就这样有了联系方式，粗暴而又简单，彼

此还没见到，就有了具体形象。简贞，丫头个

大，好看，美。我也能想到姑妈会怎么吹捧我

在简贞面前，说不定我就快赶上一个名人。想

想，心里就觉得惊得慌！

　　我并没有很快和简贞联系，我把感谢她

的事给忘记了。大年初一，我给姑妈电话拜年，

姑妈问我，侄儿，你给简车长拜个年，人家那

么照顾我，咱们别太装，你是记者，你再有权

也得会尊重人。我无语，我是记者，我哪来

的权力啊？姑妈却把记者理解成官员，她跟

我曾据理力争说，记者是无冕之王，见官大

半级。我说好吧，那就大半级吧。

　　我给简贞发信息，依旧有点官腔，简车

长您好，感谢您对我姑妈的照顾，给您

添麻烦了，有机会我安排上你们这次列

车采访点故事，给你们好好宣传宣传，祝您新年快乐，吉祥如意。发完了，感觉一件事有了了解，心里踏实了一些。其实，我并没有想简贞回信息与否，这对我不重要。一刻钟后，简贞回了信息，很简短：不用客气，记者同志，为人民服务是我们的宗旨，请多提意见，采访就不用了，谢谢！新年快乐。她比我还会官腔。无语了。我看完信息就删除了，再没回。不一会，简贞又来了一条信息，看完我额头冒汗，内容是这样的：您姑妈说您是大作家、大诗人，出过好几本书，我也上网搜一些您的作品看了，确实挺感人，尤其您的奋斗历程，还挺让人敬佩，如果真想感谢我，能否送给我大作拜读，每周我去一次哈尔滨，周六那班车，谢谢。简贞的信息让我佩服姑妈的无敌吹牛术，把我光辉形象四处宣扬，据说老家那帮妇女教育孩子都拿我做比方，说你看人家那谁，当记者还写书，你们和人学学，什么事都能办啊，简直就是咱们老家的传奇。从简贞的信息看，姑妈一定是把我吹上天了，要不简贞不可能那样的语气，天啊！我给简贞回信息，谢谢抬举，我确实出过诗集，但是只有一本，如果不弃，一定亲手奉送。简贞没回。我也送了口气。简贞很快就被我忘到脑后去了。春节过后，我忙着和妻子离婚，闹得沸沸扬扬，不可开交。幸好我选择了净身出户，满足了她的一切渴望，她才作罢，只等签字，协议生效，各走各路，互不为难。那段时间，我总是喝酒解闷，身边有一两个损友，不交心，酒能浇愁，损友可以一起荒废时光，仅此而已。

春天就要到了，妻子去了南方上货，我们的离婚协议还没有签，我就搬到了单位附近的一处民宅，和人合租了一个房。屋子很小，一张床，一个写字桌，连个窗户都没有，灯一关就黑漆漆的，什么也看不见。那段时间，我白天上班，采访也都是对付，上稿量下降，收入锐减，心不在焉，领导知道我的苦处，劝我说，坚强地挺过去，人生就是爬坡过坎，没有过不去的事儿。我说，知道了，谢谢领导。然后，我回到自己的小黑屋，关上灯，想象自己在一口棺材里。睡着后，我第一次梦见火车，梦见好多人挤在一起，我呼吸困难，就要死过去，就在最后关头，我醒了，浑身是汗。看看手机，凌晨四点，睡不着了，屋子里又憋闷，就出去走。沿着东大直街，路过教堂和洒水车，清扫工在扫街道，发出沙沙的响声，一辆救护车疾驰而去。我坐在教堂旁边的石凳上，抽烟。再一直走，走到铁路街，爬上海城桥，已经是早晨六点，从桥上往下看，火车准备出发，披着晨霜，最早出发的那列已经变换了轨道，驶向了康宁桥的方向，最终离开这个城市。那些要离开这个城市的人真幸福啊，我这样想着，眼睛盯紧了远去的火车。

在铁路街上的一个小吃摊吃了根油条，喝了碗豆浆，胃里暖和了一些，想想该去上班了，就往回走。突然手机响了，是信息：大诗人，您答应的诗集今天能否拜读？1538次列车，简贞。看完信息，木讷了，人家没忘了这茬，也是够认真可以了，那咋办？君子一言驷马难追，回信息：谢谢关注，一定奉上，请告知时间地点.简贞很快回复：今日填乘到哈尔滨,一点半到哈站,四点返回机车库,我有三个小时.来我车上吧,到三孔桥下我接您.我回复：好的,谢谢.我也不知道谢什么,反正感觉自己该说声谢谢.

简贞让我在三孔桥上等,准确位置就是下桥楼梯处,底下是哈站的机车库,一排排列车整齐排列,坚定而又威严.我没有换衣服,我并没有感觉这样的见面有多么正式.我懒洋洋地穿着黑色T恤,褪色的牛仔裤,手里拿着前两年出的诗集《往事随风》,懒散地站在下桥口,心不在焉,魂不守舍,甚至连简贞站到我面前都没发觉.简贞穿着一身制服,白衬衫红领带,很精神,尽管不像姑妈说的那样美,但也却耐看,福气满满的样子.你好,我是简贞！苏北口音，微笑了一下。你好，我是东方。我脸不觉红了一下，也许是自己灰头土脸的样子让我感觉有些自卑，也许是很久不和女性这样见面，有些懵懂，总之，那一刻我突然有点紧张。我知道是你，大诗人，大作家，你姑妈说你才华盖世，还是美男子，哈哈！简贞一点也不局促，反倒比我还轻松，她乐的时候样子很好看。简贞带我下桥，说要让我看看火车停在家里的样子，车库就是火车的家，开往各地的火车在出发前没进站的一段时间都要停在这里。我说，不去了，这么点时间你好好休息一下吧，跑了一天一夜会很累，简贞问我，你怎么知道我们运行时间是一天一夜，我说我们坐过这趟车，去河北打工，腿差点挤断了。她又哈哈大笑说，那你没写首诗纪念一下？我说我写了，这本诗集里有。她说，一定认真看。然后，领着我往桥上回返，边走边说，大诗人，看你有气无力的，我还有时间请你吃饭吧。我犹豫了一下，下意识地摸兜，没有钱？太没面子了，怎么能让人家请？我瞬间的想法被简贞看穿了，她说，别想那么多了，请诗人吃饭，是我荣幸，下次你请我。我说，好吧，那谢谢了。

简贞喜欢吃东北菜，锅包肉，小鸡炖粉条，还给我点了瓶啤酒。我喝了两杯，脸就红了。简贞说，诗人你好好收拾收拾，让嫂子给你打扮打扮，这样邋遢倒是挺文艺的。简贞说话实在又可爱。我苦笑了一下说，你嫂子我都很久没见到了，可能成了别人的嫂子。简贞听我这么说，哈哈笑了起来，她说，爱谁谁的呗，是你的跑不了，不是你的谁也没办法，看开点，诗人嘛，总归该洒脱点。我说，你说得对，洒脱点。一瓶*啤酒喝下去，我醉了，面色通红，很难看。送简贞回车库时，因为风吹，还吐了，真他妈的丢人啊！简贞给我买了瓶矿泉水，让我漱口，分别时嘱咐我注意身体，她说，啥都是虚的，自己身体才是真的。我只能说谢谢，一遍遍地说。

简贞的那趟列车是四点二十检票，四点四十发出，这趟车承载着江苏北部和山东菏泽等多地来黑龙江务工者的往返任务，车况差，人流大，且都是民工和讨生活的人，情况极其复杂，简贞做这趟车的车长已经有三年时间，她告诉我，干一回这个车次的车长，世界上跑哪的列车她都能管好，绝不在话下。简贞的话我信.

从那天开始,简贞对我更加关注,也可以理解为关心.我们一直保持热线联系,几乎不停地发信息.她会问我某首诗到底啥意思,也问我吃饭了没.当她读到我写的那首《在1538次列车上》时,她说她哭了,她说人活着还是太苦了,太苦了,但是也得活着啊,还得兴高采烈的,要不让人看笑话.简贞坚强,坚韧,这一点我不如她,从那次饭后分别,我们有半个月没有见,但是却几乎是在不停地说话,交心,好像人生一下子有了另一种色彩.

转眼半个月时间就过去了,简贞告诉我,周六她当班,到哈尔滨,如果有时间想见面,还是三个小时的时间.我说行,我愿意，我还告诉她，周五是我人生的大日子，正好周六可以庆祝一下。我问简贞想去哪，她说哪都行，你想带我去哪就去哪吧。

我和简贞好像用了半个月的时间，走完了别人的三年，或五年甚至更久的时间。简贞告诉过我，她的婚姻也不幸福，老公常年酗酒，经常家庭暴力，她一直在离婚，却始终离不成。简贞说，她如果离婚了，就是一劫过去了。我告诉简贞，哪也别去了，就去我的小黑屋吧，再小再黑也是家，我想让她回家。简贞同意了。我早早地等在哈尔滨火车站的钟楼下。今天，她特意交代车组的同事们，说她有要紧事，让代班车长安排好工作。没到两点，我就看见简贞从通勤口跑出来，而且换了一身休闲装，很漂亮，也很休闲。她的长发

披散着，阵阵洗发水的香味让人感觉到温暖。我说，简贞，跟我回家吧，她说，好，跟你回家。我们打了一辆出租车，没用二十分钟就到了小区，付了钱，我们下车，我拉着她的手一直爬到八楼，我们累得气喘吁吁。

为了不让简贞太难受，我出门时就打开灯了。我不让她一进门就黑黢黢的，我要让她感觉安全、敞亮。但是，再敞亮还能怎样呢？不到十平方米的小黑屋，两个人都有点转不开。我让简贞坐在床上，把洗好的苹果给她吃，她看看床上的一堆书，看看我，眼泪唰地就下来了，她说，你咋过的这么苦呢？我说，不苦，这不挺好的吗？还有住的地方，总比露宿街头强啊。她拉住我，让我坐在她身边，问我，你不是说昨天是你的大日子，今天要庆祝吗？我说是啊，给你看看，一切都结束了。我把离婚协议拿给简贞看，她认真地看了一遍，然后放到桌子上，对我说，你是净身出户？你真爷们，不像我儿子的爸爸，简直就是无赖。简贞还在哭，把头靠在我的肩上，我没阻止她，既然心里苦，那就哭吧。人呢，在这个世界上，又有几个人能让你敢放下面具痛哭一场呢？

泪水洗净了我们匆忙而过的时光。只有三个小时的时间，还不算去车站打车的时间。我想亲亲她，于是就转身，把简贞紧紧地拥在怀里，慢慢地贴近她的脸。我们没有丝毫的陌生和尴尬。简贞说，她爱这张床，爱我，爱我的诗歌，也爱我的忧伤。

简贞又走了，把她送到车站后，我赶紧再往

海城桥上跑，因为在这里我可以看见她的那列火车，绿色的火车。我站在桥栏杆旁，眼睛盯着哈站的方向，时间在一分一秒地走过，那列火车终于开出来了，我的泪水汹涌而出……

简贞除了陪孩子，几乎都把时间用在我身上。早饭时，她会发信息，午饭时会发信息，到了晚上，她会给我打电话，让我给她念书听。周三晚上，我给她读《简·爱》中罗切斯特呼唤简的那一部分，她在电话里痛哭不止。平静了很久，她说，你想我的时候，我能感觉到，我心会疼。我说，我也能感觉你想我，你一想我，我也心疼。

从那之后，我总是梦见火车，梦见绿色的火车在大地上奔跑，梦见人山人海涌向简贞的火车，梦见我被裹挟在人群里喘不上来气，真难受啊！我的心好疼啊！我总是这样喊，简贞，我的心好疼……有时，我梦见简贞，梦见她被列车甩出去很远，她拼命地追赶，却怎么也追不上。

简贞又是周六的班，还是下午到哈尔滨，但是她说，这周她有事不能来见我，让我别担心。简贞没告诉我她到底什么事，我也没有多问，毕竟是跑车的，难着呢，一定是又有大检查什么的了。简贞与我说过一件事，说他们段上的一个领导总是找她，也经常故意安排填乘来采检查车上的工作。有一次在包厢里，那个领导让简贞坐他旁边，故意用手拍她的大腿说，小简，你好好干，要会来事，将来我把你调到好一点的列车上去，这趟车太苦了。简贞听领导这么说，赶紧表示感谢，又往外挪了挪，躲避领导放在腿

上的手。但是那个领导非但没有收敛，还去抱她，这让简贞很气愤，她呼地站起来，对那个领导说，我在这车上干的挺好的，不用调动，谢谢领导。说完，简贞离开包厢，把那个家伙扔在那。从那之后，简贞的工作总是被批评，什么先进优秀都再也和她不沾边。我告诉简贞小心点，别被算计，她说如果真那样，就拿着炸药包去说理去。我说，傻孩子，你去哪整炸药，真那样就犯法了，就没机会照顾儿子了。简贞性格中有她的两面性，一面是作为女汉子的坚韧与刚强，当列车长，什么样的人都见过，没有简贞惧怕的。但是，在内心里，又有她柔软的一面，比如家、孩子，当然也包括我。

　　这周简贞没有见我，让我很担心，是不是那个段领导又找麻烦？还是她身体不舒服？

整个周六我在焦虑中度过，下午还没到四点，我就跑到海城桥上去看她的绿皮火车。这一次，我让出租车司机等着我，等火车开过海城桥，我再让司机开车向康宁桥飞奔，到那还能再看一眼。这趟慢车从海城桥到康宁桥的时间，出租车刚好可以提前到，我依然能清晰地看见那列火车，看见那列火车的窗子，直到火车跑得没了踪影，我才返回自己的住处。

五点半的时候，简贞的火车已经出城很久了，我收到她的信息：亲爱的，去花园街和铁岭街口，那有个仓实，我在那放一把钥匙，你拿着钥匙去博士公寓A座2单元15楼3门，打开进去，你就明白了。简贞要干什么？她哪来的钥匙？谁的房子？我脑子里充满了各种疑问。从我住的小黑屋到博士公寓步行就十

分钟，我很快找到那家仓买，我说，我来拿个钥匙，谢谢。仓买的老板娘看看我说，你可真有福，媳妇把家收拾完了让你享受，真不错。媳妇？家？收拾完了？啥意思？我不多问，拿起钥匙就往博士公寓走去。上楼，开门，我一下子惊呆了。这是简贞收拾的，我一下子就看明白了。正对门的墙上，挂着她一张大照片，在泰山上拍的，特别漂亮。门的左手边还有一个书架，摆放着新买来的书，几乎都是中外名著。里屋卧室摆放着一个衣架，挂着几件崭新的衬衫和T恤，床上整齐地摆放着三条新买的裤子，地板上还有两双皮鞋，一双是休闲的，一双是很正式的那种。我抚摸那些衣服，亲近墙上简贞的照片，泪水夺眶而出。谢谢你，简贞，我心里一遍遍念叨着，这个家真好，这个家真好。这时，简贞又给我发来信息：到家了吧，这是我们的家，以后每周我都会回家，在家等我，亲爱的。

隔了一周，简贞又回家了，让我在家等她，到楼下时让我去楼下接她。我一下楼就看见简贞大包小包地拎着，满头是汗。我说，亲爱的，这是干啥，她笑呵呵地说，咋？不愿意啊，我差点把我家搬来，都是给你用的，平时不知道照顾自己，这些东西用起来方便。我们提着这些包上楼，她满头大汗的样子让我心疼。我说，亲爱的，你这样太累了，我能管好自己。她说，你得了吧，看你黑瘦黑瘦的，快赶上小猴子了，说完，用脸贴了一下我的脸。那一刻，幸福真的简单，美的人可以飞出去。简贞急着收拾家里的东西，我则跟在她的后面磨磨叨叨，说自了就是磨人，我喜欢这样，因为我们能在一起的时间太少了，即使每周都见，才三个小时，三个小时啊，对我们来说太短暂了。把家迅速地收拾好，简贞又快离开了，我们什么也没有做。简贞说，这回有家了，心里就踏实了，也放心了。我拦了一台出租车，把简贞送到车站，她没让我下车，让我直接回家，她说，你好好看看书写作吧，我再回来，你要给我读你的新诗。我说，好，亲爱的，我等你回来。

可是我并没有回家，简贞进站后，我赶紧拿出手机打给我同学，我说你把我送上1538，我没买票。他不耐烦地说，能不能别打扰我，我正打游戏呢。我说，我有要紧事，你要不送我，我就去办公室收拾你。他说好吧，你来通勤口。我从通勤口进站，在5站台上了1538。我怕简贞看见我，赶紧找个硬座车厢坐下，把头朝向窗外，一直等到火车开动，我才安心地等待简贞出现，我要给她惊喜。查票的时间到了，当班车长是要和列车员一起查票的。我远远地看见简贞和两个列车员挨个查票。她工作时的样子很飒爽，英姿勃发，我心里隐隐的骄傲。快到我时，我已经趴在桌子上假装睡着。列车员推我，醒醒，醒醒同志，验票，我没抬头，故意大声说，我没有票。列车员说，起来补，没票还能坐车？我说，补就补，说完我抬起头，看见简贞正直直地盯着我，眼睛惊得都要掉出来。我假装正经地说，补到徐州吧，最好给我来张卧铺。简贞让列车员去查其他人，拿过补票的夹子，对我说，同志我给您补票，长春一张，拿好。

她把票塞给我，顺势瞪了我一眼。但是我能感觉到，她的眼睛里满满的都是爱。我舍不得简贞离开，我要送她一程，车到长春，我下车，简贞也下车，目送我，车开动后，我努力地挥手，直到列车消失了踪影。

时光流逝得很快，转眼半年过去了。我们在每周三个小时的幸福时间里体会着过日子的幸福。每周，她回到我们的家，我们就在一起，有时连吃饭的时间都舍不得浪费，只在一起紧紧地抱着，抱着。什么也不能把我们的三小时阻隔、占用。

又是该简贞回家的时候了，她却告诉我她请假了，两周。我问她，到底怎么了，她没有说，只是告诉我别担心。可是我能不担心吗？她的丈夫会不会又家庭暴力？还是那个对她垂涎三尺的领导？总之，我担心，夜不能寐。

简贞给我发信息的次数也明显减少了，我打

电话，她也没接。这是怎么了？我有些慌乱，

一连三天都是这样的，我不能再等了，我得

去找她。可是我到哪里去找她？我们之间除了

1538这趟列车的车次，除了她的电话号码，我

们之间再无其他方式。那也不行，我必须去找

她。

　　我买了一张1538的卧铺票，带了点吃的，

踏上了这趟列车。这是我十年里第二次坐这

趟车，去找她。第一次还是我在天津打工时。

这一次，意义却不一样，我的爱人，在这趟列车

上往返于东北和苏北之间，横穿平原和丘陵，

而我今天就要坐这趟车，去找她。我找到车

厢里自己的铺位，放好简单的行李，去洗手间

洗了一把脸，就开始四处走。我知道，简贞每周都要在这趟列车上忙碌，每一节车厢，每一个座位，每一个铺位都掠过她的目光，都弥漫过她的气息。我认真地注视车厢里的一切，甚至我能听见她的脚步声，急切的，匆忙的，有时也是犹疑的、疲惫的。换票的时候，我和看起来挺厚道的列车员故意闲聊了几句，我说哥们，简车长没当班？他看了我一眼，非常平淡地说，她请假了。我又追问了一句，假装漫不经心地。你是谁？怎么认识我们车长？列车员有了警惕性。我啊，我是记者，采访过她，一直有联络，这不坐你们的车嘛，想看看她，我解释得合情合理，无可挑剔，列车员也松了一口气，对我说，简车长了不起，我们都很敬重她，至于其他情况不必多说，您是车长熟人，有什么需要就说，我们尽力为您服务。他的回答滴水不漏，比我技高一筹，等于什么都没说。我说，那好吧，谢谢了，有需要会找你。

"这是一趟慢车，逢站就停，还经常为别的火车让路，好像全中国的大地上就这列火车边走边思考，而其他的列车已经和这个时代一样，迅速得让人跟不上，想抓个尾巴都难。夜里，车厢内的电风扇发出呜呜的声响，让人心烦意乱，隔壁的小孩传来阵阵吵夜的哭声，加重了我的忧虑，睡不着，又起来走了两趟，最后索性坐到过道的椅子上，闭上眼睛，回忆我和简贞的点点滴滴。不知不觉，我睡着了，我又梦见了火车，绿色的火车，在一片沼泽里奔跑，简贞半个身子陷在泥水里，呼喊着我，我却在车上下不来，我被一群人拉着，我越努力挣脱，他们就拉得越紧……我看见简贞哭红的眼睛，拼命挥舞的双手，撕心裂肺地呼喊，可是我无能为力。

我喊醒了，也是被这沼泽里的火车吓醒了，被简贞的哭声疼醒了。列车刚驶出辽宁，还有很远的路。天刚蒙蒙亮，我拿出手机，给简贞发了个信息：亲爱的，我又梦见了火车，梦见了你，你好吗？很久也没收到简贞的回复，我试着打了一下，关机！我的心猛地一沉！

好不容易到了徐州，我该下车了。这就是简贞生活的城市，她从这里踏上编组而成的列车，驶往东北，一步步走近我，又一次次离开。我拿出手机，再次拨打简贞的电话，通了！简贞声音微弱，没了先前的生机。我急切地说，亲爱的你怎么了？简贞说，别担心，好好写作，我没事。

我说，亲爱的，我没心思写作，我到徐州了，我惦记你，快点告诉我你在哪？开始简贞不想告诉我她在哪，但是我已经到了，她也没责怪我，她说亲爱的，你不听话，不在家好好读书，那你来吧，看看我，晚上就回哈尔滨，行吗？我说，行，看你一眼就行。

　　简贞到底是出事了！我的心如刀割。她的头上包着白纱布，伤口很长，缝了二十多针，是被她的丈夫打的。简贞的妈妈对我并不陌生，简贞常跟她提起过我，老太太对我还是非常友好和信任的。

　　事情是这样的：搭乘回去时，简贞当夜班，那个老色鬼又上手搜查工作了，对简贞来说，是噩梦。这个领导从不放弃简贞的主意，他后来甚至说，简贞，我在你列车地板上发现个烟夫都能让你下岗，你信不信？简贞当然信，这是规定，这是铁的纪律，谁也违背不了。但是，拿身体换平安，换好岗位，简贞做不到。这一次来者不善。晚上，老色鬼让简贞去他安排的包厢汇报工作，简贞不能不去。他一进去，老色鬼就面带愠色，劈头盖脸地把简贞一顿批评，从工作的各个方面进行了否定，事无巨细。末了，他又缓和了一下气氛，温和地说，小简，你还小，不懂事，要想进步，就要多服从领导，多听建议和指导，这样才能上个台阶，你本来挺优秀，可就是不上进，不靠近组织，来来来，坐我身边来，听我好好给你讲讲。简贞没有坐到他身边，她知道，他是没安好心，又想动手动脚的。简贞没有动，老色鬼就去伸手拉，简贞躲，可是空间太小，老色鬼起来就把简贞抱住了，喘着粗气说，你会来点事，我就照顾你，把你调到好的车次去。说完，就去亲简贞，她哪能受得了这个，抽出手就给老色鬼一个嘴巴子。啪的一声，响亮而干脆！时间凝固了，过了能有半分钟，老色鬼才气急败坏地说，你给我滚！简贞也不客气，转身走出车厢。包厢外，简贞事先安排好的两个列车员正紧张地注视她，她说，没事儿，都过去了，你们好好干。这两个列车员是简贞事先安排好等在包厢外的，她怕老色鬼狗急跳墙，也怕将来说不清楚。第二天早晨，简贞被通知停止工作，理由当然是合理的，简贞在通知单上签了字，脱掉制服，换上便装，回到徐州后办理了停职手续。可事情并没有结束，简贞本想利用停职的时间好好照顾孩子，再想想办法重新上车，恢复工作。可是，当她的酒鬼丈夫听说她已经停职后，把一个瓷碗重重地砸在了她的脑袋上，顿时血流如注。

听简贞的妈妈哭诉了整个事情的经过，我十分懊恼。我说，阿姨，你回去照顾孩子。我在这照顾简贞。简贞却不同意，她说，你赶紧回去上班，你的工作不能耽误。我说，简贞没事的，我走了不放心，还不如在这陪你。简贞妈妈看我态度坚决，也害怕她的酒鬼丈夫再来闹事，就说，让东方留这吧，等你出院了他再回去。简贞也拗不过我，只好同意了。

幸好是皮外伤，虽然伤口很长很深，但是没有对脑部产生其他伤害，算是万幸，我每天陪伴在她身边，简贞也很开心。一天中午，我去买饭，刚回到病房门口，就听见病房里一个男人吵吵闹闹的。一定是简贞的男人，我猜想，进去？还是躲？我进去，该以什么样的身份与他对话？我躲了，是不是就是个懦夫？怎么办？我内心翻腾，竟不能控制自己，径直走进了病房。

　　一看见我走到简贞旁边，那个男人就破口大骂，你他妈的是谁？跟我的老婆这么好？我说，我是简贞的朋友，你给我客气点。他听我这么说，更加生气，凑近我跟前说，你他妈的是她的破鞋吧，好啊！简贞，你给老子戴绿帽子。说完，这个男人伸手就来抓我的脖子，我一侧身，躲过她，顺势抓住他的手腕，我说，你老实点，再不老实，报警抓你了。简贞躺在床上，边哭边喊，你们都别打了，再闹我就跳楼！我怕简贞太激动，对伤口不好，就把态度缓和了些，但是依然抓住那个人的手腕，把他推到病房外，我说，简贞是多好的女人，你不珍惜，还打她，你算什么男人？如果你再闹事，我就收拾你，信不？他说，你能把我咋样？你要想跟她好，你给我一百万，我就成全你们。我把他按在地上，用力压住他，我说，你给我记住，再敢碰她，让你吃不了兜着走。他被我震慑住了，嗫嚅着，蹲在地上。我把简贞的男人镇住了，他踉跄地跑出医院，酒气弥漫，让人恶心。

　　简贞的男人跑了，很长的时间都没再回来。在我的悉心照料下，简贞很快痊愈出院了。她的心情也好了很多，在送她回家的路上，简贞靠在我的肩头，半闭着眼睛，夏风吹过，烫得人脸热辣辣的。我说，简贞，我要回去了，你自己照顾好自己，休息一段时间，想想办法回去上班吧，咱们哈尔滨的家还在等你。

回到哈尔滨，我到报社销假。领导找我谈话，主要针对我近几个月工作的问题，对我提出温暖而又严厉的警告，我都表示了接受和服从。最后领导说，东方，单位决定派你到小兴安岭去采访和深入生活，要你写一篇反映天保工程十年林区产业发展的大型报道，你要写好，不要让我失望。我赶紧点头称谢，让领导放心，我会坚决完成好任务。

晚上回到我和简贞的家，看着她的照片，思念之情又油然而生。我越来越相信某种神秘的东西，相信缘份，就说我和简贞，好像不需要过程，一下子就进入彼此的生命，又没有丝毫的戏谑，一切都是认真的，认真到了灵魂里。

我来到小兴安岭脚下的五四林场，这里是天保工程十年来林业产业发展较好的一个林场，听以单位聚焦这里，把我派来。林场在一个山坳里，连绵起伏的森林涌动着阵阵林涛，夜晚的时候，山风会穿过峡谷中的溪流，带来凉意和舒缓。我躺在林场招待所的宿舍里，给简贞发信息：亲爱的，我来小兴安岭采访了，估计得十天半个月的。你好好休养，工作来得及。会有办法的。发完信息，我就睡着了，毕竟长途跋涉一整天，有点累。

　　晚上，我又梦见了火车。这次是在森林里，绿色的火车在森林里穿行，越过树木和野兽，踏过荒草和大地，穿过石头和野花。在森林的尽头是一望无际的沙漠。火车就要进入沙漠，那燃烧着火焰的沙漠，那火光冲天的沙漠，那硝烟弥漫的沙漠，我看见简贞就在火车的第一节车厢，她就要被火焰吞噬。我呼唤她，向火车狂奔，可是，和这列火车却始终保持着固定的距离，我追不上，追不上……半夜里醒来，山间有些冷，我裹紧了被子，拿起手机看了一眼，简贞给我回信息了，她说，亲爱的，我下周五去哈尔滨，不是恢复工作，是来处理一些事，你出差了，我们就见不上了，我会回家给你收拾屋子。

　　简贞的信息，让我异常兴奋，简贞要回家了！真好，我必须回去，我必须回到我们的家，陪伴简贞。但是我要给她惊喜，我不能告诉她。周四的时候，我坐上开往哈尔滨的唯一一班大巴车，买了一个面包和一瓶水，踏上了归途。

　　晚上回到博士公寓，屋子里显得冷清，我把四处都擦了擦，把简贞在家穿的居家服也找出来，放在阳台通风处，让风吹一吹，她怕衣服有潮气，我还去了副食商店，买来了简贞最爱吃的红肠和大列巴，这一切都安排好，我躺在床上想念简贞。

还有十多个小时我就能见到她了，真好。半夜的时候简贞给我发了一条信息：亲爱的，你能给我写一首诗吗？我赶紧回信息：亲爱的，我想每天都为你写诗。她回：我只要一首，给我的，这辈子有一首就够了。我说，我一定好好写。

简贞回到家已经是周五很晚的时候了。她下午去处理了一些事情，累得精疲力竭。当我听见钥匙伸进锁孔的时候，当我听见钥匙在锁孔里转的时候，我的心在慢慢升温。亲爱的简贞，我就要能抱住你，真好。简贞拉开门，把一堆东西先放进门里，抬头看见了我，吓了一跳，旋即扑进我怀里，我们长久地拥抱在一起。晚上，我给简贞做了面条荷包蛋，为她切了红肠，还炖了鸡汤。她特别开心，始终乐呵呵的。工作带来的烦恼此刻没有影响我们的心情。简贞有格局，一点挫折是难不倒她的。

晚上，我们在床上，手拉着手说话。月光从窗帘的缝隙里流淌进来，清亮而温馨，又有淡淡的忧伤弥漫。简贞翻身，把我紧紧地抱住说，亲爱的。我，我。怎么了？我说。简贞只是紧紧地抱住我，泪水湿了我的胸膛。亲爱的，以后我会回来的很少了，简贞哭着说。怎么了？工作恢复不了了？我问。家里给我找人了，不回这辆车，去别的队了，简贞把头埋在我的胸膛里。简贞在哈尔滨住了几天，我一直陪伴她，四处走走，我们都很开心，但是心里也都很疼，因为我们知道，我们见面的机会越来越少了。简贞离开了她原来的车队，去了另外一个单位，这是她坚持自我的结果，而且后来我知道，她到新单位后，就是一个普通的员工，但是她并没有多么难过，她在电话里告诉我，只要肯干，肯吃苦，还能出人头地，不急于一时。在那之后的一年里，我和简贞只见过一次，是我去徐州看她，她实在太忙了，不可能赶出时间来哈尔滨，回我们的家，我的工作也到了爬坡的时候，也忙，我们更多的时间都是在电话和信息里卿卿我我。

但是，时间真的能冲淡一切，我们的联系竟然渐渐减少了，不再如当初那般如胶似漆，更可怕的是，随着时光的流逝，我想她的时候，我的心不疼了。简贞也说，东方，我依然牵挂你，想你，但是，为什么我的心不疼了？

不，我的心偶尔还会疼。就是当我像当年一样追火车的时候，感觉那列绿皮火车穿过我中年的心脏，让我在瞬间惊醒，又旋即在轰鸣声中昏迷。

痕　迹

　　我带冯兰离开冰城已经是下午两点多的时间。我们从冰城东站上了那趟最老旧的绿皮火车，票件也是最便宜的。火车吭哧吭哧地蠕动，缓慢，忧伤，它似乎被甩在了时代的最后面，心有不甘，但依然前行。

　　火车是下午四点发车的，冬天的黄昏，落寞而又凄凉，当它穿过松花江大桥时，我看见我曾经租住的老旧的平房还在那里，冒着黑烟，一定是有新的住客租下了这个房子。当年，我刚来冰城就住在这，我的孩子就出生在这里。

　　从这间租来的房子，一步步走向世界的深处，经历纷繁复杂。我尽力讨好这个世界，让自己上升到更高的社会层面，我很累。离婚，不断地变换工作，跟随不同的人，和不同的女人同居，再分开。我不断地寻找内心的安宁，但是这是徒劳的. 当我走累了, 不知所踪, 我终于决定回去一趟, 去那个小镇.

冯兰一直在埋怨我, 不该坐这趟破旧的火车, 而是应该自驾去目的地. 事实上, 她连我要去哪都没问清楚, 她并不在意这些. 她精心打扮, 光彩熠熠, 好像去参加一个宴会. 面对我, 她一直是侵略者, 从不管我的脸色. 她固执地认为, 她所做的一切都为我好. 买一个大房子, 买一屋子的书, 买一辆进口的车, 买一张结实的床……但是, 这一切并没有让我感觉踏实、安宁. 她责备我常常这样说, "让一个男人安心的一切你都有了, 为什么你还是心事重重, 坐立不安?" 是啊, 我一直坐立不安, 二十年来, 我为什么这样?

火车经过一些村庄, 落满了白雪的土地,

而这一切都在唤醒我最初的回忆，关于童年的贫穷，少年的离家，直到夜色浓重，我再也看不见窗外的一切。火车经过通肯河时我正伫立在窗前，寒意逼人，江河止步，但是没有什么能阻止它们的呼吸。通肯河是我家乡的河，不需要真的看见，我也能闻到它的气味，气息，是的，我从没想到我能凭借气息就能认出它。而它是否还能想起我？

火车停在三等小站，除了微弱的暗黄的灯光，无精打采的唯一的一个车站值班员，小镇已经悄无生息。没有人在把我们等待，没有。这里已经没有人认识我。冯兰有点冷，竖起大衣的领子，裹紧了衣服，"你怎么带我来这么个破地方，太冷了，你要冻死我吗？"她嗔怪我，下意识地抓紧了我的胳膊。我没有回答她，而是带着她走出小站。在站前，还有几辆夏利小轿车，停在那里，司机师傅一边搓着耳朵，踩着脚，一边招揽生意。我和冯兰走向红色的那一辆，司机看起来很老实，憨憨的样子让我感觉到安心。"师傅，去哪？"他问我，顺便看了一眼冯兰，她和这个小镇确实反差太大了。但是我不愿意解释这一切。当年我离开时，这里还没有一辆小轿车，毕竟也在发生变化。尽管气喘吁吁，但是人间的一切，不变的事物毕竟太少了。

我们上了车，车里冷冰冰的。冯兰紧紧靠在我的肩上，一言不发。她已经被这里的漆黑和冰冷吓住了，此刻她只能听从命运的安排。"去中学吧！"我说。师傅没有应声，发动车子，扬长而去。在从车站到中学的这段路，也就

三公里。我在读中学的时候，曾无数次往返其中。有一次，我经过电业所的值班室时，听见里面有打闹声，我就趴在窗户上看。我看见我们的校长正和一个男人厮打在一起，而旁边吓得脸色发白的女人正是我们的音乐老师。电业所丑陋不堪，像是一个骨灰盒，那时我们都这么形容。音乐老师的丈夫就是这里管事的人。我看见校长被他骑在身上，拳头如雨点。我看到这惊悚的一幕，赶紧跑开了。在我转身的一刻，我的音乐老师看见了我。

　　那时，我们的音乐老师是这个小镇最美也是最丑的传说。人们在嫉妒她的才华和美貌时，也传播着她的丑闻，她和校长的男女关系，她作为外乡人嫁过来时的寒酸和无助。小镇上不允许有这么好看又娇美的女人。

可我总要跟冯兰有个交代，她不属于这里，这和她没有关系。这是我的错，我也已经成为路人。车子经过当年的电业所，我和师傅确认，师傅说，"是这儿。"我问他，"这家人还在吗?"他悻悻地告诉我，"都走了，那个女老师辞职了，没有人知道她去哪，她男人上吊了。"冯兰为这样的事情略有兴奋，赶紧问，"搞男女关系?咋回事，咋还上吊了呢?"司机师傅不太愿意讲这样的往事，我能感觉到。他只说了一句话，"要换成这时候，不就不算个屁事了。"是啊，时代变了，一切都变了。车子转过弯，经过黑漆漆的一个黑色铁门，一个深渊般的院落，这让我想起人生的少年，如果我没回到这个镇子，我就不会知道我和它如此亲切，息息相通。毕竟那些年的时光，也和我的

— 165 —

年龄一样，是淡淡的，是没有色彩的。但是，关于这个黑色的院落，我不能释怀，直到此刻，我让司机师傅停下车，走到大门前，伸出冰冷的手，去触摸，我才知道，是什么又把我带回到这里。

站了一会，透过门缝往里看，黑漆漆的，好像无底的深渊。冯兰喊我上车，她着急找个去处，吃饭，睡觉。可我并不这样想。我和冯兰相爱两年了，她一直对我关爱有加。我也不知道她为什么如此执着地爱我，她总是说，"你别再漂泊了，我就是你最后一站了。"冯兰不可能理解我这样长大的孩子，从乡村到城市，是一个艰难的过程，就像水，从谷底向高山流淌，需要多大的力量啊！

我知道，冯兰一生只会来这里一次，绝没

有第二次。但是这对我并不重要，也许明天天一亮，我们就会彻底分手。我原本可以一个人来，但是带上冯兰，是一种报复，或昭示，总之，这里有一种东西在闪烁着光芒，我们继续走，就快到中学了，有了灯光。学校旁边新盖了房子，高高大大的，显得愚蠢。

"我念书时没有这个房子。"我和司机师傅说。

"你念书?"冯兰惊诧地看着我，"你在这念书?"

"是啊，我在这读初中。"

"带我到这，为了跟你一起怀旧吗?"冯兰没有情绪。

"不是，我不怀旧，我只是回来找一样东西"我说。

"找什么?"她问.

"不知道."我说.

我不是故意对冯兰这样的态度.我只是说实话.我不知道要来这里寻找什么,我又分明感觉到了该寻找什么的时候.那是什么?我不知道.当年,我看到了电业所那疯狂的一幕,久久挥之不去.我还记得第二天上学后,音乐老师把我叫到学校的大围墙下,那里很少有人走动,阴森森的.她当时二十多岁,柔柔弱弱的,脸蛋好看.我们很多男同学都把她当成意淫的对象.而在我的眼里,她是我的女神,她是一切美好的象征,只要她在这个小镇,我就肯定地认为,这个世界是有温度的.我心疼她.

"你昨天看到了什么?"她问.

"我看到你在哭。"我说。

"没看到别的?"她问。

"没有,我只看到你在哭,别人和我无关。"我说。

"你怎么知道我在哭,而不是笑?"她说。

"你伤心了,是不会笑的。"我关切地看着她。

"谁说我伤心?你懂什么,一个孩子。"她说。

"我不是孩子,我十六岁了。"我争辩。

"那你说我为什么伤心?"她盯着我。

"你不幸福,不快乐,我心疼。"我说的时候有些颤抖。

她没再逼问我什么。而是蹲下去,双手抱住头,哭了起来。我吓得赶紧跑。从那以后,我们的距离更远了。有一次给我们上风

琴课，我看见她苍白的手指在琴键上跳跃，而深秋的枯叶则正好落在她的肩上。我坐在离她最近的位置，看她垂下来的长发挡住了脸，下午的斜阳罩住她的上半身，还有泪水流淌出来，打在她的手背上。那是多么让人心疼的一刻啊！从那以后，我再也没有爱上过任何一个女性。

那天晚上，是她管理我们的自习课，我正在为一道数学题犯难，她走到我的身后，把手搭在我的肩上，俯下身来，她的长发打在我的脸上，异样的情绪，异样的萌动，莫名的幸福又疼痛。她指导我解开了那道题，然后用我的笔在纸上写下了一行字：今晚，去大院里等我。

大院，就是刚刚我们经过的黑漆漆的

黑铁大门的院落。那时，大院就已经一片荒草，空无一人。我不知道它何以有这么强的生命力。直到这夜晚，它还在。自习课后，我去了大院，踏过荒草，走向了院子深处那空着的房子。她在门口的角落里，双手抱住肩膀，凉凉的秋天的夜晚，我面对这样一个女人不知所措。

"你冷吗？"她问。

"我不冷。"我低下头。

"你为什么心疼我？"她伸出一只手，搭在我的肩膀上。

"我不知道。"我害怕，"你是好人。"我说。

"我不是好人，为了转成公办教师，我和那个男人……"她指的是校长。我不懂人世的艰难，当时，我只是一个少年，但是我知道，

她并不快乐不幸福。这一点，足够我心疼的了。

当然，那时我也不懂人世的芜杂与肮脏。

"去城里弹琴吧，我听说酒吧和西餐厅都雇弹琴的，赚很多钱。"我也不知很多钱是多少钱，我只是希望她离开这里，而不是陷在这丑陋的地方。之所以丑陋，是因为她那个无能的丈夫，电业所的值班员一次次去学校打闹，说她是婊子，破鞋。我痛恨她被这样侮辱，这些词让我成长的骨头，沉淀了悲凉。

"我走不出去，我陷在这里了，没有人能救我。"她说。

"我很快就不念书了，去冰城打工，你也去吧。"我像一个英雄。

"走吧，离开这里，不要再回来。"她把

我拥在怀里，我不敢抱她，双手茫然。一个漆黑的夜晚，一个女人第一次吻了我的额头和脸颊。除此以外都是深秋的夜凉如水。我送她回家，看着她走进那个房子，然后听见一个男人的嘶吼，声嘶力竭的咒骂。我又一个人跑回大院，在我们刚才站立的地方，在她紧紧抱住我的地方，我蹲下来，泪流不止。我知道，我即将离开这里，去一个未知的远方。我能给她留下什么？我不知道。我拿起地上的水泥石块，在那墙上写下一行字，我把笔画刻得很深很深：

　　为你，去寻找另一个世界。

　　站立在学校的操场上，恍若世界空空如也。冯兰在小汽车里，瑟缩着。此刻，我不希望她和我站在一起. 我需要一个人, 重新回到过去的世界. 似乎走了很长的路, 到头来才发现这只是原地而已. 一定有什么令我永远也不能舍弃. 学校的最后一束灯光也灭了, 一片黑暗. 我凭着感觉走向当年那堵红色的砖墙, 少有人至的一堵墙. 那墙还在, 砖也在. 我贴紧冰冷的墙, 深深地呼吸. 这些年, 我无数次变成另外一个人, 而只有在这里, 我才知道我还活着. 最初的心跳和那张脸, 还在.

但是, 我不知道, 我是否找到了另一个世界. 当我离开小镇, 去了冰城或更多的地方. 我曾给她写信, 但是她没有回音, 世界保持它固有的沉默. 直到我遇见冯兰, 一个出身富贵之家的女人. 她足以改变我的命运。当我像一枚秋叶随风飘动时，她一把抓住了我。她说，我的才华让她倾慕，因为她只有钱。我们相识三个月后，她带我回到她的家。她说，"你抱紧我！"我说，"不！""为什么？"她很诧异，"多少男人想拥有我，和我家的权势与财富。"我点着一支烟，深吸一口，"我不心疼你。"我说。

　　冯兰并不为我的冷漠伤心，她坚信，只要她在，别的女人就不会乘虚而入。事实上，我从不曾想过和哪个女人恋爱，结婚生子，也包括冯兰。我好像耗尽了所有的力气，就在那个晚上，我在砖墙上刻下那行字的时候，一切就注定了。

　　司机师傅着急了，他要回家睡觉，冯兰

给我打电话问我在哪，我说马上回去。我们坐回车里。师傅问我，"你们大晚上的到这个镇子干啥？"冯兰抢着说，"我男人怀旧，找灵感，写小说。""师傅，你是作家？"司机问我，扭过头。我无奈地笑了一下，没有回答他的问题，而是问他，"那个女老师去了哪？她男人怎么自杀了？"司机放慢车速，惋惜地说，"她男人总闹她，满街贴大字报，说她搞破鞋，让她在这丢尽了脸面，她没办法就悄悄地走了，谁也不知道去哪了，可惜了，公办教师都批下来了。她被校长占了身子，就是为了这口饭吃，可怜啊！""她男人啥时候死的？"我问。"她走第二天，他就上吊了，这个窝囊废死了也没啥可惜的，没有男人的功能还折磨那个女老师，听说浮身都是他拿烟头烫的伤。"司机师傅语气里有惋惜，也有无奈，他说起这里的往事，也有几分沉重。

　　在小镇的中心街上，有一个旅店，还有一个空房子。我们住下，冯兰有些不开心了，她为我莫明其妙的旅程感到困惑，也为这饥寒而感到懊恼。

　　"你到底想干什么？带我来这个鬼地方。"冯兰边收拾边嘀咕。我对她的质问保持沉默。

　　"我们什么时候回去？早知这样不和你来了，这哪是旅行，这是下地狱"她有些暴躁了。

　　"如果地狱这么美妙，为什么我不早些回来。"我似乎是自言自语。冯兰终于躺下来没有脱衣服，她怕这张床脏。

冯兰睡着了。我慢慢起身，打开门，轻轻带上。走出旅店的时候，老板娘问我这么晚了去哪。我说，请你帮我照顾一下房间里的女人，我一会就回来。她不耐烦地说，去吧，城里人就是事儿多。

我走到门外，走向那个黑铁大门的院子。我是凭借着记忆和味道，一步步走过去。天越来越冷，但是我并不感觉多么难以忍受。我跳过已经驼背的院墙，再次深入那个院子，那块我刻过字的砖是否还在？我担心，呼吸急促，距离那墙越近就越紧张。这些年，我走过很多地方，见过很多人，却常常不知自己身处何方。现在，我终于找到她抱紧我的地方，那堵墙……我离最初的自己那么近，那么近。我从衣兜里掏出火机，打着火，我努力寻找刻下字迹的那块砖，那混合着我年少的泪水的笔画。是的，它还在，还在，二十年的时光并没有完全抹去那痕迹，我看见那隐约的斑驳的字迹：为你，去寻找另一个世界。

　　那一束火光照亮的自己，让我眼前明亮起来，寒意与夜色中，世界似乎变得温暖，那曾经发生的一切好像瞬间得到了谅解。真的是这样吗？我不知道。

杀 夜

　　深秋的正午,赵村在阳光下弓着身子.
自从这个村庄存在以来,就没怎么改变过
模样,灰头土脸的.赵村在丘陵起伏的大
地的褶皱中轮回,偶尔向外面探出头去,
又迅疾地收回来.全村不过几十户人家,房
子都是用黄泥坯垒起来的,房顶盖着羊草,
厚厚的一层,抵挡着风寒和雨雪.最好的
人家,也不过在房子的正面贴一层砖,弄
个好看的前脸儿,但是这样的人家一定
是村长的房子.村子被一条很深的大沟分
成两部分,被大片的杨树林包围着的是
打谷场,几个妇女扎着蓝色的头巾,在收
谷子,另外的几个男人则用鞭子抽打着马
匹.也许是因为马太累了,步子很慢,男人们
着急把粮食收回仓里,就一边咒骂着,一

边把鞭子抽到马身上。

我和父亲在这样的正午迎面相遇。但是，我不想看他，他大多数时间都在帮村长干活，大气都不敢出。我从种白菜的小园里转向另一边，这样就可以错过他。我刚转身，他就追上我，"跟爹去吴村。"他不敢与我对视，低头看着被霜打过的白菜。"为啥去吴村？"我问。他没有回答，但是脚步异常坚定，村东边走去，我跟在他后面。

父亲的肩膀佝偻着，在秋天的寒风里瑟缩着，蓬乱的头发里还有谷壳和打谷场上的灰尘。他还穿着那双已经露出脚趾的鞋子，鞋帮上沾着黄泥，硬邦邦的。他的腰间绑着一根麻绳，系得很紧，把青灰色的棉袄勒出了一堆褶子。

　　我是看不起这个父亲的，我恨极了他懦弱的样子。在赵村，他挨的欺负最多，谁踢他，打他，他也不敢还手，甚至都不会骂一声。去年，因为他不去帮村长放猪，被村长抽了好多鞭子，脸上、额头上、后背上，都抽出了血道子。那是我刚从小学校放学回来，看见村长追着他，边骂边打。他没有反抗，只是在村子里躲来躲去。我远远地看着村长鞭子抽在他身上时，发出啪啪的声响。村长长得五大三粗，眼珠子很大，就像随时能掉出来一样，小孩子们见了都害怕，绕着他走。他的胆子也大，在山上打猎时，吃坟上的贡品，喝坟头上的贡酒，还经常从野坟里掏出无人的大腿骨，拿回村里吓唬我们。我的奶奶也对父亲恨铁不成钢，她在临死前拉着父亲的手说："你就是杀个人，娘都不会怪罪你，让村里人欺负一辈子了，啥时候能出口气啊！"奶奶是在对父亲的抱怨中死去的，她没有闭上眼睛，而是半睁着，牙齿咬得很紧。

村里人对我们家的蔑视和对父亲没有底线的欺负还体现在每一个秋天。我家的玉米种在村子东边的责任田里，每天都有人去偷，有时甚至是明目张胆地抢。八月节刚过，玉米棒子金闪闪发光，就有人先到我家的田里去掰玉米。那天正好父亲在田里，他制止偷玉米的人，却被人家一脚踹翻在地，骂骂咧咧地拿走了十多个玉米棒子。父亲没有追，他拍了拍身上的泥土，双手抱着头，坐在田埂上，不停地抽着旱烟。每年到了收割时，我家都是最后收完庄稼的，除去被偷抢的那些，剩下的勉强能够糊口。今年庄稼长得不好，如果再被偷抢，我们就要挨饿了。

我恨极了父亲懦弱的样子，恨极了他受欺负时的忍气吞声。现在，他要带我去吴村，我莫名地没有反驳他，而是跟在他身后一起向吴村走去。

从赵村去吴村的路并不是很远，从村子的东边，经过一片广袤的玉米田，再穿过一片松树林，蹚过飘荡河之后，翻过一个乱坟岗子，下到坡底就是吴村。

我们去吴村的路，所经过那片玉米田，其中就有我家的那两亩地。我们家的玉米挨着村长家的玉米，所以我家的玉米也总是挨欺负。那些玉米习惯性地矮人家一头，弯着腰。当我们路过自己的田地时，看见村长正在田里起伏着，在掰我家的玉米。我想冲上去，但是被父亲拉住了。他什么也没说，只是把腰间的麻绳紧了紧，我习惯了父亲的软弱，只是期盼着快点收完自家的玉米。

村长这一年更加肆无忌惮，眼珠子也越来越大，自从他儿子被飘荡河吞了后，他精神也有些不正常，整天在田里穿梭，晚上也不回村里，经常在乱坟岗子上他儿子的坟前喝酒，挥舞着死人的腿骨，喊他儿子的小名。村里人都说，村长早晚要杀人，只是没有合适的机会。

村长要杀的对象一定是父亲，或是我。因为他儿子的死和我有一定的关系，他们又抓不住把柄，不敢直接拿刀捅我，只是在等一个合适的机会而已。我深知这一点，但是我和父亲不一样，我没有恐惧，我的身体每天在生长，我的力气越来越大，早晚有一天，我要报仇，不能像父亲一样。

　　说起村长儿子的死，确实和我有关系。夏天的时候，村子里的孩子耐不住炎热的天气，都跑到河边想在河里泡着，解解暑气，七八个村里的半大孩子，穿过玉米地，穿过松树林，兴奋地跑到河边，这其中也有村长的儿子和我。他是孩子头，依仗他爹的底气，我们也不敢惹他。他把我们集中到河边，排成一列，巡视了一番后，轻蔑地对我说，"你，小瘪犊子，你就在岸上给大伙看衣服，丢了就整死你。"我没有应允，也没有反抗。他吩咐大伙赶紧脱衣服，不一会一堆冒着臭汗味的衣服就堆在了我面前。我茫然地坐在岸边的草地上，看着他们赤条条的身体，整齐地站在岸边。

"一会我喊一二三，大伙一起跳，谁不跳谁是王八羔子！"村长的儿子甩了甩胳膊，拧了拧身子，还晃了晃脑袋。其他的几个孩子也学着他的样子晃动着。他又挨个看了看，然后喊："预备，一、二……"当他喊出三的时候，一个猛子扎到了水里，扑通一声，打破了因为太阳的炙烤而沉入寂静的飘荡河。但是，其他的孩子并没有跳，而是注视着水里的动静，看着村长的儿子扎入水中后冲击出的水的眩晕。飘荡河的水很鬼道，让人揣摩不透。这是奶奶说的。她常告诉我轻易不要到飘荡河里去,因为河水也是需要吃饭的,没有人养活这条河,水鬼就会闹事。所以,飘荡河每年都要吃掉一个人。所以当村长的儿子第一个扎进河里后,岸上的孩子们那天莫名地没有按他说的做。这在平时,是没有人敢违抗他的号令的。

我坐在岸上,也关注水里的动静。但是扎进去的人,半天也没有冒出来。"快跑,水鬼吃人了,一会就抓咱们了!"我的喊声让孩子们感到了莫名的恐惧,纷纷往回跑,衣服都顾不上穿。"快回村儿里喊人,他让水鬼抓住了!"我在后面催促着这些孩子,但是他们顾不上我说什么,仓皇地逃离河边。

我没有和他们往村里跑,我留下来,

盯着水里. 不一会儿, 村长的儿子就从水里窜出来, 挥舞着手臂, 努力张开嘴, 好像冲我喊着什么, 但是我并没有听见, 我还没有来得及拉住他, 他就又沉进去了, 只留下飘荡河水一圈圈扩散的晕波. 又片刻的工夫, 他又从水里窜出来, 努力扑腾着, 仿佛水里有什么抓住他的脚踝. 这一次, 他离岸边近了点, 双手马上就要抓住岸上的绿草. 他朝我努力地喊:"救我, 拉住我."我看见他苍白的脸, 瞪大的眼睛和努力向岸边挣扎的样子, 但是我吓得不敢动. 甚至当他的双手在抓住绿草的那一刻, 我一伸手就可以把他拉上来, 可是我的动作太慢了, 等我伸出手去, 他再次滑入了水中, 最后一缕头发被河水吞没, 我再也没有见到他。我眼睁睁地看着他被水鬼抓走，看着他成为飘荡河的口粮。我留下那堆弥漫着汗味的衣服，独自回到家里，我躺在土炕上睡着了。

村长的儿子最终淹死在飘荡河里，也可以说是被河水吞到了肚子里，连个尸首都没找到。村长恨极了我们这些孩子，当然他最恨的是我，因为我并没有表现出悲伤和悔过。当那些孩子跪在他家门口赎罪时，我并没有和他们一样。代替我的是父亲，他跪在村长家的门前，听村长恶狠狠地咒骂，他要我们一个个地偿命。后来，在村里人的劝说下，村长暂时放他们回家，他扬言一定要我死。

我和村长很少相遇，我躲着他。父亲

不知道多少次乞求他放过我，整天帮他家干活，就像毫无怨言的一头驴，日夜忙碌着。我和父亲一前一后走着，我们要去吴村，经过自家的玉米田后，还要经过松树林，蹚过飘荡河。我们来到河边，父亲选了一处最窄的地方，准备蹚过去，他从树上掰下一截树枝，自己抓住一头，另一头递给我。

当他的双脚踏进河水后，我真的有点犹豫。我想起了村长的儿子，想起他被吞掉后，一直没有找到的尸体。村里人都说，水鬼吃人不吐骨头的。我一直怀疑他就潜伏在这里，变成了新的水鬼。我很少到河边来，村里人也很少来，只有村长一个人经常游荡在河边，喊他儿子的名字。父亲蹚水的速度很慢，稳稳的。他好像什么也没想，而我却心怀恐惧，总感觉被浸在水里的小腿与脚踝可能随时被抓住。我不敢低头看河水，手紧紧抓着树枝的这一端，小心地跟随父亲，蹚过了飘荡河。

过河之后，我才敢看一眼飘荡河。它是平静的甚至是美丽的。如果不是我亲眼所见，我不相信他能吞掉活生生的孩子，尽管那和我有关，但是凶手是它，而我不过是个旁观者。

我们翻过乱坟岗，走到山冈的顶端时，我又回头看了看飘荡河。它显得陌生而又遥远。在河边游荡的村长，像一个黑点，不断变换着位置，也像一个游魂，若隐若现。

吴村以前出杀猪匠，最出名的是一个小个子，我听说是从赵村入赘到吴村的上

门女婿，但是他没有回过赵村，我不认识他。我猜想父亲一定是和这个人有关系才来这里。吴村有十多户人家，躲在山脚下的一个窝窝里，如果没有炊烟袅袅而上，会让人以为这是一个荒村，一个毫无生机的被人遗忘的地方。我们走到村口时，遇见一个穿着藏青色对襟棉袄的老太太，头戴一个黑丝绒的帽子，脚上穿着一双胶皮鞋。她抱着几根干树枝，嘴里叨咕着我们听不懂的话。我们快步经过她，不敢多看她一眼。在我看来，她更像刚刚从坟墓里走出来透口气的死人，她苍白的脸还渗着白霜。

在吴村从西往东的第四户人家，父亲停住了脚步。一座孤零零的泥草房，好像已经在这人间存在了几百年，斑驳的土墙被雨水冲刷得泛白，有些地方已经露出了里面的柱脚。房顶的山房草已经朽烂，挡不住一丁点的雨水，屋檐上没有一个燕子的窝，墙根有几个老鼠洞，新挖出来的泥土在阳光下更加稀松和苍白。

　　我不知道父亲和这户人家有什么关系，我也从没听说父亲有什么朋友。我不关心这些，也不屑于问他。父亲拉开破旧的木门吱嘎一声，门上的塑料布因为风化的原因，纷纷掉落下来。屋子里黑洞洞的，我们什么也看不见。好一会，我们才适应这黑暗。这间屋子看起来已经很久没有人在，土炕上的竹席已经碎成几块，一个木夫的八仙桌靠近炕沿边放着，桌子上只有一个破瓷碗，几颗小米粒干巴巴地粘在碗边。

一卷被子，打满了粗糙的补丁，已经很久没有人翻动过。

父亲并不看这些，他盯着墙壁，仔细地寻找什么。在最角落的一个墙窝里，他把手伸进去，摸了摸，眼睛有了一丝亮色，收回的手里拿出了一把杀猪刀。一尺多长的杀猪刀，尽管很久没人用过，但是依然锋利，寒光还在，杀机还在，木头的刀柄上缠着一层细细的钢线。

真是一把好刀。

父亲没有言语，把刀塞进怀里，紧了紧麻绳，就往出走。我跟在他后面，经过塌陷的灶台时，顺手抓起了土台上一把生锈的菜刀。

"为啥要拿刀？"我问。

　　"这是我的杀猪刀,借给他好多年了。"
父亲说.

　　"你还敢杀猪吗?"我冷冷地问.

　　"有把刀,心里踏实"父亲伸手摸了
摸刀.

　　我们离开吴村时,天已经黄昏.我和
父亲,两个矮个子,迎着西边的山冈,落
日刚好顶到山冈上.我把那把生锈的菜
刀握在手中,感觉自己高大了许多.父亲
腰间的麻绳系得更紧了一些.我们不曾说
过一句话,天色渐暗,暮色淹没了我怦
怦跳动的心.

　　回去的路,还有很远.经过乱坟岗
时,还能依稀看到这些树木,土坟和
风中摇晃的玉米.村长此时不知道躲

到了哪里，我仔细地在荒野中搜寻。我怕他突然冲出来，把锐利的东西插进我的心脏，也怕他把我的脑袋按进水里，把我浸死。他常常这样说，只是没有合适的机会。

在乱坟岗上，因为暮色渐浓，看什么都像悄悄闪动的人影，我因此而紧张。父亲转了几圈，找到了我们家的坟地。坟上长满了荒草，一张黄纸压在坟头，被雨水打得发白。坟头上的纸是一种昭示，说明这家还有后人。所以，每次上坟祭祖，父亲都要在坟头压一张黄纸。父亲开始为他的父亲和母亲扫墓，他弯腰拔草，把坟上的枯叶清除，归拢成一堆，把坟前的贡桌用手擦了擦，捡了几个野果放上去，做完这一切，他独自跪下来磕头，直到夜色漆黑，他点着一支烟。

　　我们现在谁也看不见谁，只有那烟头明明灭灭，显示着我们的存在。我不知道父亲为什么不急于赶路，而是来这里扫墓。他怀里的杀猪刀始终没有亮出来，藏得是那样深，我手里那把生锈的菜刀被我紧紧攥在手里。

　　风吹旷野，风吹荒草和落光了叶子的树木。很多声音隐藏在黑暗里，号叫着，或是低吟。我的呼吸越来越急促，但是我努力控制着，不让父亲感到我的恐惧。因为，一直以来，是我看不起他。

　　夜色，如墨，如黑铁，四野之中，隐藏着什么？我不知道，但是我，感觉到父亲

正在变成另外一个人。此刻，我看不见他，却分明能感觉到他怀里的刀，在跃跃欲试。

不远处的飘荡河，在夜色中也学会了隐身，除了低沉的水声，我也看不见它的存在。一会，我们怎么在黑暗中过河？那水鬼会不会在黑暗中抓住我，让我变成水鬼里新的一员？那村长家的孩子是不是还有一张苍白的面孔？盯住我，撕扯我，直到我和他一样。

我不知道。我想问父亲，我们怎么办，但是我不敢出声。我的嘴唇动了动，重又归于静默。

夜色更加沉重，仿佛无数黑鸟的翅膀压过来。不，是黑铁，是棺材的四壁在收拢，压着我，让我喘不过气来。我把菜刀生锈的刃朝外，做出攻击的姿势，但是我看不见自己的刀。

父亲依然不动。

不知过了多久，风更加大了一些，树木摇晃得也更加厉害，甚至不远处的飘荡河也开始摇晃。我的喉咙干渴，心跳加速。伴随着茅草的呜咽，我听见有脚步声踩踏着落叶在向我们靠近，一会又没了迹象。突然，那脚步又变得清晰，忽快忽慢，忽轻忽重，就在我们的周围。

我感觉到黑暗中的父亲，他又点着了烟，火光在黑夜里是那么突然，我们瞬间暴露在黑夜里，那闪烁的烟头好像在告诉隐藏在黑暗里的，看不见的那些东西，我们就在这，我们就在这！

　　我越发感到恐惧，好像已经被黑暗中的箭射中，后背浸出了冷汗，头皮发麻，头发纷纷立起来。我往父亲身边靠了靠，好像有生以来，第一次和他靠那么近。

　　我恨父亲，为什么擦起火光，为什么点着烟，为什么把我们暴露在黑夜里。我也不知道那和风一起扭动的脚步声到底是什么？是人？还是鬼？

　　风更大了，万物摇晃得更加厉害，那脚步声又起，围着我们转圈。一圈，二圈，转到第三圈的时候，我听见父亲的手伸进怀里，握紧那把杀猪刀，当那刀在黑夜里现身的时候，我感到一股寒光把夜色豁开了一角。

　　父亲在黑暗中号叫着，把刀舞得呼呼响，他劈，他砍，他削……我听见荒草的呻吟，树枝的求饶声，风的哀求……

　　此时的父亲，好像一个侠客，我看不见他的眼神，但是他的杀气让这个夜晚变得更加冰冷。

　　转瞬间，一个巨大的黑影扑上来，父亲的刀只在黑夜里划出了一个优美的弧线，又在瞬间停止下来，那厚重的乌云被划开了一个口子，大雨倾盆而下。

　　很多年以后，为了去世的村长，我特意回到赵村。父亲说："他没儿子，你回来给磕个头吧。"我在电话里很快答应了下来。那天参加完村长的葬礼后，我再次回到飘荡河边，那河水已经干枯，裸露在苍穹下的河床有牲口来来去去。我在河里反复地走，并没有找到村长儿子的尸体，我努

力回忆那个被水吞没的孩子,那张苍白的面孔,是那么模糊。

我的父亲在那个夜晚后,忽然挺直了腰杆,但是他拒绝说起那晚的刀,究竟是杀了谁。

隐秘的焰火

　　林郁把自己锁在房间里。灰色的布艺沙发在午夜的时钟里慢慢老去，茶桌上的台灯有一个蕾丝花边的灯罩，落满了一层淡淡的灰尘。桌子上，木刻的烟灰缸里扎满了烟蒂，溢出来的烟灰在桌子上随风而动。林郁躺在沙发上，双眼盯着天花板，手中没有抽完的半截烟卷已经熄灭，他被熏黄的食指和中指并拢着，似乎刚才飘过的烟灰还在缭绕。

　　林郁很少见的在凌晨三点前睡着了。他在时针指向午夜十二点时，微微有些困意，就躺在沙发上抽烟，却意外地睡过去了。这几年，他都是晚轻晨重，一到夜晚整个人都很精神，困意全无，而第二天上午则睡意昏沉，头重脚轻，疲惫而又麻木。林郁睡着的时候，又做了那个相同的梦。这些年，他总是做这样的梦。

他又梦见自己在逃跑。这次，他在一个迷宫式的街区里奔跑。灰黑色的高墙，狭窄的胡同，卷起的飞檐，抬头望向天空时，那铅灰色的云，这一切让他异常压抑。身后追击他的人，全都披着黑色的斗篷，头戴斗笠，手中挥舞着棍棒，而不是剑。好几次，这些棍棒就要打在他的肩膀或头上，都被他躲过去了。似乎这些人并不想置他于死地，只是紧紧地跟着，追着，他们奔跑的频率是一样的。林郁不知穿过了多少胡同，越过了多少高墙，他不停地奔跑，跳跃，却不敢回头去看那些追击者。追击者的脚步声，棍棒挥舞的风声，俨然成为追击者的一部分，随时都能把他淹没。他终于要跑出迷宫式的街区，当他跃上最后一道高墙，看见了远处的树林、田野和田野边那条闪亮的河流。他终于松了一口气，想回头看那些追去者的面孔。但是，当他回过头去，他惊出了一身冷汗。在他身后，是一片浩瀚无垠的戈壁，被乌云压得气喘吁吁，没有一棵草随风摇动，也没有一只鸟缓慢地飞过，甚至连风都没有，天地之间，似乎是一个凝固的水泥块，死寂而沉重。他骑在高墙之上，回忆自己的逃亡，回忆那些脚步声和棍棒的呜呜声，这一切是真真切切发生过的。现在又突然踪影全无，甚至连这个混乱的街区都不见了。世界重又归于空无。

就在林郁陷入迷惑，不知所往的时

候，从那戈壁里又生出一团人影向他奔袭而来。黑色的衣服，苍白的脸，白色的鞋摩擦着戈壁上的石头和沙子，发出嚓嚓的声音。他被眼前的情景吓得发出了一声惊叫，呼地跳下了高墙，向着树林跑去。在高墙与树林之间的过渡地带，杂草丛生，他的脚分明就踩到了滑动的蛇，那吐出的信子就要舔到他的脚踝，他不敢看，只顾奔跑，身后的追击者已经追到了他的侧面。他用眼睛的余光就能看见这些人苍白如死人的脸。他们几乎是一起在奔跑，当他们的脚步同时触到树林的边缘，那第一棵树瞬间倒下去，而后是第二棵，第三棵……整片树林都倒了下去。

他不能停止奔跑。他不知道那些追击

者抓到他以后会以什么方式惩罚他，当然，他也不知道自己为什么要跑。离那条河还有不到一百米的距离，当整个树林倒下去后，他突然感觉到自己的高大，恐惧在减少，慢慢升起的是莫名的力量，催促着他，让他更加快了脚步。当他跑到河边，看到那滔滔河水挡住了去路，当他看到那些追击者狂笑着向他围拢过来，他毫不犹豫地跳进了湍急的河水里，并发出了一声决绝的叫喊。

当林郁在梦里发出那一声"啊"之后，他醒了。醒来的林郁额头浸满了汗珠，他呆坐在沙发上，好半天也没从梦里走出来。他迷迷糊糊地抓起桌子上的一盒南京牌香烟，从硬纸盒里抠出来一支，直接放在双唇之间，咔的一声摁着打火机，把烟点上。

黑暗中的烟头明明灭灭，映照他沧桑的脸。他已经半个月没有刮胡子了，头发也没有洗，乱糟糟的一团。在林郁的内心里，好像结满了冰霜，总是化不开，总感觉到冷。还有一种疲惫感，也浸泡着他全身的骨头，打不起精神，沉重而又麻木。这样半睡半醒，生不是生，死不是死的感觉，他已经承受了两年，他又不知道如何走出这种境况。

午夜时分，林郁又一个人站在二十一楼的阳台上，遥望着远处林业大学植物园那片树林，因为夜色的笼罩，而变得更加神秘。再近一点，是文化园区里的俄罗斯油画交易中心，还有一两家酒吧亮着并不耀眼的灯火，若有若无地闪烁着。师范大学在此时已经完全被夜色淹没，除了那幢美术学院的高楼还能依稀可辨，其他都已经找不到踪迹。昏黄的街灯照亮了文兴街几处老房子，街上除了有一两个在夜市里喝醉的莽汉还抱着大树呕吐之外，再没有什么人还在行走。小区里，寂然无声，偶尔有几家还亮着灯火，是因为年幼的孩子需要喂奶，或是哭闹，年轻的妈妈要起来唱《摇篮曲》。林郁站在窗前，一边抽烟，一边望着眼前的一切，又有一种悲怆涌上心头。

在外人看来，他是风光的，至少是小有所成。一个农村孩子，少小离家，独自闯荡省城，从一个收破烂的民工成为一个记者，还自己做了一家文化咨询策划机构，专门为大型企业和地方政府进行文化软实力的打造和外宣品制作。只用了十年时间，林郁就完成了从农民工到记者的转型，而且已经很有名气，初具规模。但是，这十年的辛酸、甘苦，只有林郁自己知道。最忙碌的时候，他要一个人开车从省城走五个小时，去小兴安岭的一个林业局，给他们做文化创意和指导，还要做出实施方案。一个案子做下来，几乎是三个昼夜，再累也只能偶尔打个盹，通过审核后，他再独自驱车去一千里外的农场，带领摄制组为那里的水稻生产拍摄专题片。这样拼命的工作方式，使他的身体严重透支，再加上要陪客户喝酒，几年下来他的身体就到了承受的极限。最可怕的是他当年收破烂时不小心得了类风

湿这种病，近两年开始侵入心脏，非常危险。

其实这还不是他所要面对的全部。身体的疾病是可以通过治疗解决的，但是他内心结的厚厚的冰却不知如何融化，他骨头里的疼痛和麻木，不知道如何祛除。他也深知，冰冻三尺非一日之寒。刮进他内心的寒风，有相当一部分来自于家庭——他们并不和睦的夫妻关系和渐行渐远的那份爱情。因为常年在外奔波，忽略家庭，他的妻子是有意见的，但是她从不爆发，只选择了对他的冷漠，心灵的大门慢慢闭紧。最让林郁灰心的一次，是他因为油画颜料过敏，浑身长满红疙瘩，奇痒无比，用手抓坏的地方就会淌血。有一周的时间，林郁都躺在家里，浑身无力，难受得生不如死。林郁本以为他的妻子会照顾他，给他一些关怀，但是，她基本是不闻不问，好像家里就没这个人。这让他特别伤心，他忍受着眩晕和疼痛去了自己的工作室，一住就是一个月。临出门的时候，林郁看看他的妻子，有气无力地说，你就不能管管我，天天就只顾自己玩手机。他的妻子连头都没有抬，冷冷地回了一句，你这些年为了挣钱都不管我们，现在想让我管你，没门，等着吧，要不你就再找一个吧。林郁没有再说什么，穿上黑色的风衣，用口罩把脸蒙住就下楼了。他们夫妻这样的状态已经几年了，开始林郁没有意识到这是一个问题，他把打拼赚来的钱都花在了家里，买两套房子，买车，送儿子去私立高中，成立工作室，广种薄收，大量储蓄人脉，再想尽一切办法转换成经济价值。在闪转腾挪之间，林郁很难做到家庭事业两不误，问题也就产生了。

夫妻这种关系是需要经营的，这一点林郁也在反思，他承认自己没有照顾好家庭，没有陪伴好妻子和孩子。所以，当他的妻子在他的病还没有痊愈时，就带着家里留给孩子上学用的三十万储备金和另一个男人远走高飞时，他没有发火，也没有咬牙切齿。他只是到了孩子学校，告诉孩子，妈妈去南方住一段时间，接下来的日子，就要爸爸管你了。孩子也没有太多的意外，因为他的妻子为了自己能够放心离开，已经在孩子面前悄悄地做了很久的工作，对林郁进行了大范围、多角度的批判，让孩子能够理解妈妈的离开。林郁安排孩子住校，交好了各种费用，回到了自己的工作室。那是一个炎热的晌午。林郁躺在沙发上，汗流浃背。汗水刺激着过敏发炎的红疙瘩和挠坏的伤口，犹如针刺，又痒又疼。他想睡一会，让自己放松一下，可是怎么也睡不着，于是拿出了自己存了很久的安眠药，吃了一片。二十分钟后，他迷迷糊糊地睡着了。等他再醒来的时候，天已经彻底黑了下来，他感觉到异常恍惚，而且茫然，心想自己这些年的奋斗到底是为了什么呢？一家三口，妻子不知所踪，还带走了三十万的孩子的教育基金，儿子住在学校，一周才能看一次，自己就这样东奔西走，为五斗米折腰，得失之间，难以考量。他一次次问自己，这样值得吗？但是，他没有给自己答案。

林郁的内心，越来越沉重，精神萎靡，神情涣散，很集中精力去做一件事，他一个人住在工作室，晚上头脑清醒，白天睡意昏沉，整个人活颠倒了。更可怕的是，他突然生出一种情绪——他总想自杀。

好几次，他站在二十一楼的阳台上，打开窗子，把头伸出去，他一遍遍幻想着，要是跳下去该多么轻松，什么烦恼都没有了，让自己的灵魂再找一个好的肉身，享受生命，也让自己重新转世到一个山野深处，做一个樵夫也许更好。

林郁工作室的生意开始下滑，业务越来越少，几乎难以为继。与此同时，他所在的报社领导出了问题，被免职回家。他因为是领导一手栽培和提拔，树敌很多，加之自己精神状态不好，也选择了辞职。

似乎是一夜之间，他用十年时间打拼出来的东西，又化为乌有。林郁开始拒绝和一些人交往，能躲的就躲，躲不开的就强打精神应付着。在林郁内心最重要的两个朋友当中，一个是他称呼为大哥的人，企业老总杨光，是个儒商，与很多高官关系密切，且精通书艺，日日笔耕，小有成就；另一个是他精神上比较依赖的女性，也是这些年一直能够相互温暖，但绝不越雷池的著名女摄影家蓝焰。他们三人常常在一起，胜似亲兄妹。

就在林郁妻子突然离去的第三天，杨

光来到林郁的工作室。那天下着小雨，雨是慢慢下的，没有丝毫的急躁之气，好像再用力一点，雨就会把这个世界砸疼，再轻一点，人们就感觉不到雨的微凉。杨光穿着一身阿迪达斯的运动衣，一双白色运动鞋，长遮帽盖住头和眼睛。他敲响了林郁的门。此时，林郁刚刚起床，浑身酸疼，手脚浮肿，头发蓬乱，本来就憔悴不堪的他，显得更加苍老了。

杨光敲了三下工作室的门，没有人来开门。他又敲了三声，里面传来了脚步声，林郁穿着拖鞋，无精打采地打开了门。他一看来人是杨光，眼睛里似乎温暖了一些，他俩相互点点头，没有多说什么，一起进了里屋的茶室。

杨光环视了一下工作室，心里沉了一下。古董架上的玛瑙已经落满了灰尘，书柜上的那些国内外名著已经很久没人翻过，茶具散乱地扔在茶台上，白色的茶杯积了一层茶垢，烟灰缸里插满了烟头，散发着尼古丁的气味。杨光选了中间的那把黑色的椅子坐下来，这是他最喜欢的一把椅子，清朝宫廷里流转出来的，线条圆润流畅，扶手被百余年来不同的主人反复摩挲，已经有了包浆。这把椅子是林郁生意好的时候，花六万元从古玩城淘来的一件真品。林郁喜欢玛瑙，这些年收藏了不少原石，在省城的玛瑙玩家里，他算是数得来的一个。杨光看玛瑙上落满的尘埃，问林郁："兄弟，怎么了？状态这么不好。"杨光边说把茶具放在蒸煮专用盒子里，把水加热，开始清洗杯子，并高温消毒。林郁点着了一支烟，深深地吸了一口，"哥，我太累了，我总也缓不过来劲，我没有力量了，走不动了。"林郁拉开抽屉，拿出了珍藏二十年的老普洱茶，用茶锥撬下来一块，放进了泡茶的壶里，"哥，今天咱们哥俩喝点好茶。"杨光把烧开的水倒进壶里，把茶洗了两遍，然后开始泡茶。"林郁，你得改变状态，这样下去，人会垮掉，你毕竟还这么年轻。"杨光非常关心地说。"我也一直尝试唤醒自己，让自己再充满力量，可是我怎么努力，也还是沉重，走不动，什么也不能让我心动，我也不知道该怎么办。"林郁喝了一口普洱，又给杨光倒了一杯，继续抽烟。此时，窗外的雨不再缓慢，而是变得急促，好像天空要赶紧下完这些雨，还有别的事要做。林郁怕冷，怕潮湿，怕下雨，因为他有严重的风湿病，一变天就会有非常折磨人的酸痒胀痛麻的感觉。每当风湿病开始折磨他，关节就会红肿，酸痛，那是一种难以形容的生不如死的感觉。林郁此时又感觉到关节开始酸痛，赶紧找出一盒双氯灭痛，拿出一片，用白开水吃了进去。"二十分钟后，疼痛就会减轻，或者不会感觉到疼痛。"林郁苦笑了一下，"哥，我这些年，最亲的就是你和双氯灭痛。"杨光看着林郁又把药放回他专门装药的抽屉里，满满一抽屉的各种药，让杨光心疼：治疗胃寒的、治疗胃溃病的、保养心脏的、消炎的、止痛的、治疗神经性失眠的……"你总这么吃药不行，去医院系统调理一下吧。"杨光关切地说。"没事儿！"林郁说完，低下头，摆弄手里的烟盒。"是不没钱了，哥给你拿，去看看吧。"杨光把手伸进兜里，掏出黑色的牛皮钱包，拿出一张建设银行的卡，放在桌子上，"这里有六万，是我的私房钱，本来是预备咱们哥几个去西藏拍片子的，放你这用吧。"林郁看了一眼银行卡，看了一眼杨光，一时不知道说什么好。他确实是没钱了，安顿好孩子，还完欠供应商的货款，他兜里就剩下几百块钱，连工作室两个设计师的工资都没钱开，只能给两个员工打了欠条，并保证一旦周转过来，马上就把拖欠的工资补发。但是，林郁如果不是身心俱疲，精神日渐萎顿，他依旧可以赚钱，至少维持工作室的开支和日常接待是没问题的。对于林郁来说，迎来送往是日常工作，每年在这方面花二十万左右他也不心疼。因为对于生意人来说，投入和产出是有比例的，没有舍就没有得。尤其是他，没有任何背景，也没有任何过硬的关系，只能靠一张好嘴，一双勤腿，一颗热心，除了这三样，他没有任何可以交换的资本。所以，几年下来，他的疲惫，他的无力，是可以理解的。现在，当他看见杨光放下的银行卡，内心十分酸楚，想想自己当年，意气风发，四处出击，短短几年就买房买车，让身边人很是敬佩。现在竟然落到需要朋友接济的地步。想到这，林郁把银行卡拿起来，递给了杨光，"哥，没事儿，弟弟还能坚持一段时间，真挺不住了，我就找你。"林郁把卡塞到杨光手里。杨光接过银行卡，再次放到茶桌的抽屉里，"你拿这个钱，东山再起，去做点事吧，没本钱怎么能运作项目呢，把设计师都找回来

吧，妙香山旅游规划项目你不是才做一半吗？再拖下去人家就告你了。"林郁好像也突然想起了什么，坐直了身子，"是啊，妙香山旅游规划项目耽搁很久了，我实在不愿意动，你不说我都快忘了。"林郁赶紧翻开手机，打开，找到蓝焰的手机号，边拨号边说，"哥，我给蓝焰打个电话，让她做好准备，我们近日出发去妙香山，完成规划方案。"

但是蓝焰的手机却怎么也打不通。林郁只好作罢。当茶喝到第五泡时，雨停了，云彩有裂隙，阳光从云缝里射出来，屋子里一下亮起来。"去收拾收拾吧，刮刮胡子，洗洗脸，咱们出去走走，也看看蓝焰。"扬光把最后一杯茶喝掉，清洗了一下茶具。林郁转身去了洗手间，开始洗漱。

　　两个人走出工作室，林郁锁好门，又拉了一下，感觉没问题了，才抬头望了一眼天空，此时天更加晴朗，阳光好像已经憋闷了很久的孩子，纷纷跑出来，拥抱着林郁满目的沧桑。大街上，车流汹涌，行人匆匆，还是那个忙碌的世界，还是那么忙碌的人们，世界并没有因为我的缺席而停顿，林郁这样想着，不觉得一阵悲凉。他已经有好几天没有下楼了，而且，长久以来，他已经习惯了给自己一个特定的环境，那就是白天也必须拉上窗帘，让屋子暗下来，这样他才感觉安全和踏实。现在，他完全暴露在阳光下，是如此无力和虚弱。看来这个世界真的需要重新适应，难道我还要像以前一样忙于应付，疲于奔命吗？我是不是该换一种活法？哪怕拮据一点，只要能赚够孩子的学费和生活费，只要父子两个能活下去就好，还要那么多干什么呢？林郁这样想着，在离杨光两步远的距离陷入了沉思。看见林郁走神，杨光赶紧提议，"林郁，别在那瞎琢磨了，咱俩去找蓝焰吧，你打不通电话，估计是在家修行呢，去看看她吧。"林郁接受了杨光的建议，两个人上了杨光的越野车，朝蓝焰家的方向出发。

蓝焰的家在一个高档小区，她的爱人是一家大型集团公司的董事长，孩子在美国读书。她的生活是让人羡慕的那一种，先生是所谓的大款，孩子送到国外，她本人又是摄影家，名气很大，受人尊重。按说这样的生活是完美的，但是蓝焰并不快乐。最近每次他们三个在一起，蓝焰都是郁郁寡欢。杨光是三个人中的老大，也颇有大哥之气度和胸怀，对一个兄弟和一个妹妹很是关心。蓝焰的家里事，他们是知道的。——蓝焰的丈夫在外面包养了一个女人，还生了一个男孩，生米不仅做成了熟饭，还有了一颗沉甸甸的果实。这个孩子成了女人的撒手锏，她曾经找过蓝焰，让她赶紧和丈夫离婚，成全他们一家三口的幸福生活。但是，蓝焰拒绝了这个女人的要求，她不能这么稀里糊涂地就让这个家散了，当然，她还要保守秘密，不能让远在美国的女儿知道家里的情况，以免影响学业。可是，当蓝焰去找她的丈夫，要好好谈谈时，他选择了逃避，不见面，不交流，打电话不接，发信息也不回。这些乱糟糟的事情一拖就是几年，蓝焰无数次被那个女人纠缠着、折磨着，甚至午夜电话的谩骂，随时随地信息的骚扰，让她

几乎崩溃，最后只能搬到另一处房子里，换掉手机。这样做倒清净，蓝焰也喜欢安静的生活，可是她需要向女儿交代，所以一边编织着关于幸福家庭的谎言，一边告诉女儿，不完成学业，就不许回来，只有这样，这一切才能不揭开盖子。对于蓝焰这样出身书香门第，且有一定知名度的女人来说，社会影响比什么都重要，她绝不能让人看自己家的笑话，她也不能让女儿承受这些变故。

蓝焰的新手机号和新住址也只有杨光和林郁知道。两个人来到单元门口，按响了门铃，半天也没有反应，再按，又是一阵丁零零的响声，依旧没有人开门。两个人的心骤然收紧，难道是出去采风拍片了？但是这又不太可能，因为蓝焰已经很久不搞创作了，她总说自己已经把要拍的都拍尽了，不能一味重复自己，所以需要放一放，等冲出这个瓶颈再说。这一点，杨光和林郁深以为然，蓝焰对自己的创作是很负责任的，绝不允许自己对摄影艺术有半点的敷衍，这也是她赢得内行尊重的原因。

两个人在单元门前徘徊了一会儿，"会不会是打坐呢？"杨光说，"咱们再等会儿，如果是打坐，那一定不能打扰，等她吧。"林郁点点头，掏出烟点上。"你那烟少抽吧，一天两包烟，要命的节奏。"杨光劝林郁少抽烟，林郁也不应允，遥望着江边的古树，若有所思。不到一刻钟，杨光的电话响了，是蓝焰的号码，他赶紧接起来。"大哥，是你俩来了吗？我刚才打坐，听见门铃响。"杨光赶紧说，"是啊，妹妹，我和林郁来看你，赶紧开门吧。"

蓝焰现在异常谨慎,自从那个女人没有底线地骚扰她以后,她几近崩溃,神经紧张,不电话确认,她都不敢开门,尽管她知道,除了杨光和林郁,没有人知道她住哪,可她还是紧张。

　　杨光和林郁陪蓝焰坐在窗边的红木茶台上,松花江涛涛东去,没有半点的懈怠,因为污染而变得浑浊的江水却不减前进的力量,偶尔又有几个雨后畅游的人,露出黄色的泳帽,在水中一起一伏。偌大的江面只有一两艘被打造成龙舟一样的机动船在行驶,稀疏的游人坐在船上,散漫而又寂寥。江岸上的榆树和柳树因为刚刚被雨洗过,显得格外发亮,留在叶片上的雨滴闪烁着光芒,三两行人穿棱其中,点缀着雨后的世界。

三个人半天也没有说话，林郁凝视着江边的风景，杨光烧水沏茶，蓝焰为两个人扒了橘子，放在桌子上。她把头靠在红木椅子的靠背上，眼神空洞而又呆滞。这让杨光很心疼，作为大哥，也作为知情者，他看着蓝焰一天天消沉下去，心灵又承受巨大的折磨，但是他又没有更好的办法可以帮助她渡过难关。林郁也是让他心疼的兄弟，可是除了在困难时给予最实在的接济，又能怎样呢？他非常清楚，蓝焰和林郁，这一个妹妹、一个兄弟，都是心灵的问题。而心灵的问题，谁又能太多地插手呢？事实上，也是很难插手的。

杨光把水烧开，拿出蓝焰自己收藏的福鼎白茶，切了一块，煮上，不一会，淡淡的茶香就氤氲开来。白茶是茶中的公主，也是

蓝焰的最爱。这批白茶是蓝焰在鲁迅美术学院进修时，她的福建同学给的，她特别珍惜。蓝焰租的这幢房子陈设简单，客厅里一套灰色亚麻布衣沙发，墙上挂着几张装裱好的蓝焰拍摄的风光摄影作品；墙角还有两件木雕，一件是黄杨木的观音，一米高，宝相庄严；另一件是紫檀木雕刻的花瓶，线条粗犷，动感十足，有一缕朴素而高贵的光低沉地闪过。杨光看着这些作品，又看看蓝焰，心里在想，说点什么能让她开心呢？他脑海飞速地转动着，突然，他想起不久前的一个消息，在第五届国际农业摄影大奖上，蓝焰的作品获得了金奖。于是，他赶紧问蓝焰："妹妹，你又获国际大奖了，我们为你高兴。奖金不少吧？"蓝焰看了一眼杨光，眼神依然淡漠，丝毫没有因为这个消息而有半点波澜。"嗯，是获奖了，就是那幅《大地织锦》"，蓝焰用手指了指墙上那幅北方田野摄影作品。林郁也随着蓝焰的指尖，盯住了那张作品。林郁熟悉这张作品里的风光，那是他长大的原野、四季、庄稼、牛羊、那些风中摇曳的白杨树……

"祝贺啊，是不是得请我们哥俩喝点啊，祝贺一下。"杨光故作轻松，想让蓝焰开心点。蓝焰却不回答，对着茶杯里醇厚晶莹的茶汤出神。杨光看她不说话，继续说："妹妹，什么事都能过去，你功成名就了，内心也该强大点。"蓝焰喝了一口茶，用纸巾擦了一下嘴角。抬头看了看杨光，突然站起来，"哥，你让我怎么强大，我的丈夫和别的女人连孩子都生了，我被那个女人折磨，随时随地被骚扰，现在有家都不敢回，你还让我怎么强大。我怕女儿知道家里的这些丑事，百般遮掩，你让我怎么强大？哥，我快承受不住了。"蓝焰用双手捂住脸，又猛地抬起头，把头发使劲地向后捋了一下，几根白发已经悄然地生出来，犹如初冬的雪。"不行就离婚吧。"杨光给她倒了杯茶。"离婚？我才不。我不能便宜这个女人，也不能让孩子他爸得逞，我就要拖着他们，让她永远做小三。"蓝焰猛地把茶喝进去。

　　杨光不再说话，遥望着窗外的松花江。这时，他的手机响了，他看了看号码，起身去门外接电话。平素里，杨光接打电话是不需要回避林郁和蓝焰的，某种程度上，他们没有秘密。林郁看杨光出去，也懒得多想。他感觉浑身酸疼，关节疼痛，僵硬笨滞，无心跟他们说话。他躺在了客厅的布艺沙发上，翻来翻去，像一条被反复煎烧的鱼。不一会儿，杨光回来，并没有看出有什么不一样，他再次坐到茶台前，拍拍蓝焰的肩膀，"妹妹，出去吃点东西吧，哥给你俩补一补。"蓝焰未置可否。林郁起身，把烟揣在兜里，稍微整理了一下自己，先出去了。他正好想出去透口气，把胸腔里的压抑吐出去。很久以来，他感觉心里堵着一堆一堆的碎石子，而背后则压着巨石。

　　林郁在小区的绿地旁等着杨光和蓝焰，他知道，蓝焰一定会和杨光出来的。多年以来，这三兄妹不离不弃。杨光像一个长兄，照顾着这两个异姓的亲人，可以说是事无巨细。三年前蓝焰的影展，杨光是总策划和赞助人，林郁负责作品的装裱、送稿和布置，兄妹三人忙得不亦乐乎。那时候，他们每个人都在人生的阳光里，享受着各自的成长，却不知三年后，蓝焰陷入了婚姻危机，林郁的抑郁已经很严重，唯有杨光，作为一个大哥，还坚挺地站在他们背后。

　　杨光和蓝焰一前一后走出单元门口，林郁扔掉烟头，迎上去，谁也没有说话，走到小区外面，他们上了杨光的越野车，呼啸而去。在观江国际楼下的一家高级泰国餐厅，车停下来，保安赶紧开门迎接客人。三人来到大厅，迎宾美女迎了上来，客气地说："杨总好，多日不见您。"杨光点了点头说："还坐我喜欢的那个位子吧。"杨光让蓝焰坐在里面，靠窗的位置，林郁则坐在正对门的地方，杨光深知林郁的习惯，他不能背对门坐着，那样没有安全感。杨光自己背对门坐下来。点菜员已经站到杨光身边，微微弯着身子，等待着三位客人点菜。杨光看看蓝焰，又看看林郁，"今天我做主吧，反正我是大哥，我说了算一回。"他侧身告诉点菜员，"把你家招牌菜，上八道，按我们口味合理安排吧。"说完，不再看点菜员，拿出手机，发了一个信息。蓝焰比在家里时状态好了一些，面色红润了起来，白色的圆领小衫，蓝色的七分裤，随意又散发着自然美，尽管满目苍凉，但是依然不失为一个美人。"林郁，你少抽烟吧，对身体不好。"蓝焰对林郁说。"心里总没着没落的，再不抽烟，更定不住神儿。"林郁说着，又去拿烟，破

— 239 —

蓝焰制止了。"和你十年前比比，你看看你变化多大，还焦虑啥呢？放松点，还得往前走，你现在这状态不行啊！"杨光内心理解林郁的抑郁和焦虑，他是承受得太多了，又难以释怀，时间久了，人就封冻了。在杨光看来，林郁不是一个做生意的料，他更像一个文人，敏感又自卑，善良厚道，但有时候太感情用事。"我就是没精神，浑身没劲儿，我也不知道啥能让我动起来。"林郁说的是真的，这两年，他麻木僵硬，半睡半醒，近乎枯竭，又浑身无力的感觉，什么也不能给他力量，女人、钱，都不好使，他每天只是封闭着自己，把自己关在屋子里。只有在黑暗中，他才感觉踏实，放松和安全。"你得锻炼身体，体育锻炼能改变人的心情。"蓝焰打开窗子，一股凉风刮进来，三个人都感觉舒爽了很多。"煅炼过，坚持不住，膝关节不是一直有毛病嘛！"林郁摸摸自己的膝盖，凉凉的。"出去走走吧，要不你俩一起出去，换换心情，我让办公室给你们安排好行程和机票。"杨光的公司规模很大，是给大型三甲医院提供医疗设备，算是大生意，几乎垄断了三个地区的市场，但生意上的事，他不太和他们两个说。"林郁自己去吧，我不能走，闺女再有一个月就回来了，我得安排好她回来的事。"蓝焰说完，杨光和林郁的心几乎都顿了一下。这不是一个好消息，女儿回来，蓝焰就要面对很多问题，想瞒住女儿的事就会被捅破，那个女人不会放过这个机会闹事的。"安排好，咱们没事不惹事，惹事不怕事。"杨光看着林郁，接着说，"照顾好蓝焰，孩子回来这段时间，我可能不在省城，你精神点，多陪陪她。""你去哪？"林郁问。"还没定呢，到时候你就知道了。"杨光微笑了一下，林郁没有往心里去。蓝焰简单地吃了几口，喝了点汤，林郁饿了，有点狼吞虎咽，不一会儿就喊胃疼，只有杨光稳稳当当地吃，还喝了一点红酒。

　　三个人吃完饭往出走的时候，杨光问了蓝焰，"妹妹，钱上没困难吧？蓝焰回答，"没困难，我自己有一些积蓄，可以应付一段时间。杨光关切地看了她一眼，"我给你留了几万，刚才给你放茶桌的抽屉里了，密码是你的生日。"蓝焰想拒绝，却被杨光挡住了。蓝焰知道杨光的脾气，这是不能拒绝的。

　　三个人又上了杨光的车，却不知道该去

哪。林郁心神不宁地望着车窗外，蓝焰拿出墨镜戴上，遥望着远方。杨光的心也很乱，但却表现得镇定。林郁和蓝焰各怀心事，并不关注杨光的内心，在他俩看来，杨光一直是强大的，不需要他们关心。"你俩能听我一次不，跟我去个地方。"杨光不等他们回答，就转舵，奔高速公路的方向去了。

绥满高速犹如一条黑色的长龙，穿过浩瀚无边的原野，蜿蜒向东，一直抵达中俄边境。杨光开着车，不时看看外面的风景。这是她熟悉的景色：无边的绿树，无垠的玉米在风中遥晃，低地和河流，闪烁着银色的光芒，与天空遥相呼应。偶尔有飞鸟落在林梢，发出清脆的鸟鸣，起伏的丘陵间有狭长的草场，散漫地行走着牛羊。蓝焰喜欢这样的风景，喜欢穿行在自然之中。状态好的时候，也就是家里没出这些事之前，她有心情四处去行走、采风，拍下了无数的精品，这两年家里闹腾，让她停止了创作。此时，起伏的大地，生机盎然的田野，芬芳的空气让她心情轻松了好多，她回头看看林郁，"不发点感慨吗？这么美的田园风光。"林郁半躺在后座上，睡眼惺忪，"还不都是那么回事，好看能咋的？"蓝焰把头扭过去，目视前方，看着眼前的路一公里一公里地向后退去，她看看扬光，突然发现，他的眼圈是黑的，脸色很苍白。"哥，你的脸怎么那么苍白，咋了？"扬光专注地开车，听见蓝焰说话，没有转头，很平淡地回了一句，"没事，这几天没休息好。"蓝焰内心有一种隐隐的不安，扬光身体一直很好，都是面色红润，精神头很足，此时的状态让她心里一沉。林郁还是迷迷糊糊，无精打采的样子，蓝焰招呼他，"林郁你精神点，别活不起的样子。"林郁哼了一声，不情愿地坐了起来，"咱俩陪大哥说会话，开高速容易发困。"林郁揉了揉眼睛"说啥啊？"蓝焰对林郁有种恨铁不成钢的感觉，"你那个妙香山的项目别再拖了，再拖人家就告你了，你也得干事啊，这样下去，人不废了吗？"杨光把车里的音响打开，放了一点轻音乐，"是啊，弟，你得恢复状态，你看你前些前那些干劲儿，多让人佩服啊，现在这样人会垮掉的。"林郁听哥哥姐姐这样说，他是服气的，在这个城市，除了他们两个，再没有人能够这样关心他，鞭策他。但是，他也想让自己活起来，动

起来。可是，怎么努力也是无济于事，他感觉自己越来越沉，在下坠，在结冰，通体冒着寒气。

行车将近两个小时，在绥西站下了高速。三个人来到了金龟山脚下的柳树河边。杨光把车停好，"我们下车吧，看看我们老家。"杨光领着林郁和蓝焰在河边漫步，不远处只有一个几十户人家的小村在下午的阳光中昏昏欲睡，村子里静悄悄的。"这是真正的世外桃源啊！"蓝焰感慨地问道，"哥，你就生在这？""是啊，我就生在这个小屯子，从这去乡里读中学，到县里念高中，再考进省城的大学。"杨光站在河边，望着自己出生和成长的村子，"我家那时候特别穷，去乡里上学，午间回不来，我娘就给我带个苞米面大饼子，三个咸菜条，一直到高中毕业都是，后来读大学了，我就做家教，摆地摊，想尽一切办法赚钱。工作之后，一个月工资才几十块钱，根本不够养家糊口，我就毅然选择放弃了公职，去给人家跑业务，一步步走到今天。"杨光和林郁要了根烟，林郁犹豫了一下。"哥，你不是戒烟很久了吗？""没事，给我点上吧，我爹就爱抽过滤嘴，可惜老爷子没好多年了。"蓝焰看话题太沉重，提议再往前走走，于是他们绕过河湾，向一个稍稍起伏的陡坡走去，那里是一片坟地，荒草盖住了坟冢，杨光仔细地辨认着，在最靠近三棵榆树的地方找到了自己家的祖坟。

　　他半跪在死去的父亲的坟前，往土里插了三支点着的烟，自己也点了一支，沉默良久，蓝焰和林郁站在两旁，默默地看着大哥抽烟。这么多年,他们都没看见过杨光这么倦况。

　　"林郁,蓝焰,你们是我的弟弟和妹妹,虽然不是亲生的,感情却不比亲生的差,拜托你们俩点事。"杨光看着蓝焰和林郁。他的话让两个人十分诧异,林郁也半跪下来,问他,"哥,你怎么了,怎么这么说话?"蓝焰也弯下腰,靠近杨光,"哥,出什么事了?我就感觉你今天不正常。"山野的风,穿过林间的缝隙吹过来,有一种淡淡的清香沁人心脾,在这个寂静的墓地前,他们紧紧地靠在一起。"南河市的市长出事了,已经双规,我俩的交集太深,今天已经得到消息,他在里面都交代了,所以,哥必须面对……"蓝焰呼地站起来,"啊?哥,一直传他要出事,这么快,你俩咋还有交集?"林郁抓住杨光的胳膊,"哥,你想咋办?我俩能为你做什么?"杨光拍拍身上的尘土，站了起来，"你们什么也不知道，也管不了哥的事，以后常来这里看看就行。"

兄妹三人返回省城，已经是午夜时分，林郁和蓝焰分别回了自己的住处。临别时，两人不放心大哥，非要陪着他，但是被杨光拒绝了。那一晚，林郁内心更加慌乱，总感觉有什么事情要发生，双手使劲搓着。凌晨四点，他已经不能控制焦虑和担忧，拨通了蓝焰的电话。蓝焰也一夜没睡，"林郁，咱俩得去大哥家看看，我总感觉要出事。""好吧，咱俩打车分头去！"林郁赶紧下楼，截了一辆出租车，奔杨光家飞奔而去。

当他们赶到杨光家的时候，一辆救护车飞啸着远去。就在刚刚，杨光从自家十六楼跳了下来。他以这种方式了结了一切，他在给蓝焰和林郁的遗言中这样写道：好好活着，钱不是人这一辈子最重要的，它可能是锁链，把我们都绑在了无神的腿上，弟弟、妹妹，什么也不如轻松快乐地活着，希望我的无能触动你们开始一次新的再生。

作者简介

刘德祥，男，1960年3月出生于黑龙江省拜泉县。中共党员。高中时是拜泉县第一中学学生会主席，校团委常务副书记，下乡是知青点点长。入伍后被部队选送到哈尔滨人民广播电台、《新青年》杂志社学习，在黑龙江大学中文系脱产进修两年后，又在黑龙江省教育学院中文系函授三年，这五年埋头图书馆读了大量中外名著，数十次登台演讲。在北京武警黄金指挥部政治部工作三年，为军以上领导写讲话、调研报告，代表全国冶金系统参加全国机关工委演讲获第一名。从士兵起，历任文书、报道员，军师团三级政治部处，任干事，指导员、教导员、干部处长，医院、支队政委、党委书记，武警指挥学校副政委、纪委书记，总队宣传处代处长，武警总部政治部创作室骨干作家。从军25年后，转业先后任哈尔滨市委办公厅一、三处副处长（正处级）、松北区委党群工作部、宣传部主要负责人、第二负责人、文化旅游体育局局长、城管局局长等职务。在部队带班子、带队伍、写作和雷厉风行、忠诚磊落等有所长回到地方都派上了用场。兼任黑龙江省、哈尔滨市作家协会会员，哈市作协理事、副秘书长、黑龙江省作家协会散文诗创作委员会执行会长、省杂文协会理事。八岁起开始写作、朗诵、背诵至今，天天如此已经习惯，特别能起早又特别能负累，著书三十余册约一千多万字。能脱稿演讲一小时，生动、厚实、震撼。追求"篇篇无空文，句句必尽规"，践行"有书酬岁月，无梦求荣华"；信奉"读而有作，作而书新"就是贡献。在各岗位均有建树。